· 可可爱爱的世

跳舞的小人

吉竹伸介插图本

[英] 柯南 · 道尔 著 [日] 千叶茂树 企划
[日] 吉竹伸介 绘 姚锦镕 译

中信出版集团 | 北京

图书在版编目（CIP）数据

跳舞的小人 /（英）柯南 · 道尔著；（日）吉竹伸介绘；姚锦镕译 . -- 北京：中信出版社，2022.9（2023.11 重印）
（可可爱爱的世界名著）
ISBN 978-7-5217-4541-2

Ⅰ . ①跳… Ⅱ . ①柯… ②吉… ③姚… Ⅲ . ①侦探小说－小说集－英国－现代 Ⅳ . ① I561.45

中国版本图书馆 CIP 数据核字（2022）第 121973 号

跳舞的小人
（可可爱爱的世界名著）

著　　者：[英] 柯南 · 道尔
企　　划：[日] 千叶茂树
绘　　者：[日] 吉竹伸介
译　　者：姚锦镕
出版发行：中信出版集团股份有限公司
（北京市朝阳区东三环北路 27 号嘉铭中心　邮编　100020）
承 印 者：北京盛通印刷股份有限公司

开　　本：787mm × 1092mm　1/32　　印　　张：5.75　　字　　数：68 千字
版　　次：2022 年 9 月第 1 版　　印　　次：2023 年 11月第 4 次印刷
京权图字：01-2022-2905
书　　号：ISBN 978-7-5217-4541-2
定　　价：20.00 元

目录

译者序

本书作者柯南·道尔，1859 年 5 月 22 日出生于苏格兰首府爱丁堡，九岁时就被送入耶稣预备学校学习，1875 年他离开学校时已经对天主教产生厌恶情绪，而成为一名不可知论者。1876 年至 1881 年间他在爱丁堡大学学习医学，毕业后作为一名随船医生前往西非海岸，1882 年回国后在普利茅斯开业行医。在此期间柯南·道尔开始写作。柯南·道尔的第一部重要作品是发表在《1887 年比顿圣诞年刊》的侦探小说《血字的研究》，该部小说的主角就是之后名声大噪的夏洛克·福尔摩斯。

1890 年柯南·道尔到维也纳学习眼科，一年之后回到伦敦成为一名眼科医生，这使得他有更多时间写作。19 世纪末英国在南非的布尔战争遭到了全世界的谴责，柯南 · 道尔为此写了一本名为《在南非的战争：起因与行为》（*The War in South Africa: Its Cause and Conduct*）的小册子，为英国辩护。这本书被翻译成多种文字发行，有很大影响。柯南 · 道尔相信正是由于这本书使他在 1902 年被封为爵士。20 世纪初柯南 · 道尔两次参选国会议员，却都没有当选。到晚年时柯南 · 道尔开始相信唯灵论，甚至还曾以此为主题写过好几部小说。柯南 · 道尔在 1930 年 7 月 7 日去世。

古今中外描写与形形色色犯罪活动斗争的文学作品中，柯南 · 道尔创作的探案小说无疑是其中的佼佼者，历经百年时间考验，至今仍为世界各地读者争相传诵，在外国大众文学史上实属罕见。福尔摩斯这个口衔烟斗、神态严肃、行动诡秘、神通广大的英格兰大侦探已成为妇孺皆知的人物，人们几乎忘了他只是个作家笔下的虚构形象，而把他视为实有其人的英雄，崇拜备至。英国有“福尔摩斯协会”，他所“居住工作”过的伦敦贝克街221B号房子成为历史名胜。每年都有福尔摩斯迷前来凭吊。当年柯南·道尔中途颇有倦意，决心停止福尔摩斯系列写作，“狠心”让主人公惨死，竟引起读者强烈抗议。众怒难犯，柯南·道尔被迫让福尔摩斯死而复生，重展当年雄风，为民除害。凡此种种，不难看出福尔摩斯探案作品影响之深，魅力之强。

柯南·道尔的作品之所以拥有那么广泛的读者群，不仅以怪诞离奇的故事取胜，而且得力于作者苦心经营、塑造出一个焕发出智慧之光、才思敏捷、冷静果断、善恶分明的私家侦探福尔摩斯的形象。

福尔摩斯是当年欧洲大陆首屈一指的名侦探，在与犯罪分子斗争中，不问案情有多复杂，也不问他的处境多险恶，他总能逢凶化吉，所向披靡。他不费一枪一弹、克敌制胜的法宝便是他身上那非凡的智慧。他说过："我这脑子会使我名扬四海。从来没有人像我一样在侦破罪案上既具天赋，又进行过大量研究。"一语道破了他成功的秘诀。他凭着自己独特的推理手法解难释疑、破案擒敌。他的过人之处在于善于从一些为常人所忽略的蛛丝马迹中找到合理有用的线索，得出正确的结论。他不但谙熟常人常态下的心理活动、行为规律、生活习惯，也摸透反常人物的病态行为，特殊环境下人物的特殊心理和反常行为方式。

福尔摩斯所掌握的这套推理方法自然不是与生俱来的。他的出类拔萃、料事如神完全得力于他对知识的渴求，对各种技术的精心研究和平日的苦心自我训练。他时时刻刻不放过对各类人和事的心态、衣着、行动的细致入微的观察，重视经验的积累。他可以凭着一撮烟灰知道凶手的身份，根据步距推断对方的身高，乃至年龄，一瞥之下就能大体说出人家的某段经历……说来神乎其神，一经点破，便觉合情合理。

福尔摩斯并非孤胆英雄。虽说他瞧不起刑事部里的一班警察，但实际行动中往往依仗警力，更尊重法律程序；他调动街头流浪儿、店铺小厮为自己刺探情报，通风报信。华生更是他须臾不离的助手。他沉默寡言，喜怒无常，似乎是个冷酷之人。其实他是位有血有肉、感情丰富的现实中人。他酷爱音乐，拉得一手好提琴。得意之时他高谈阔论，忘形之余竟跟一本正经的老爵爷大开玩笑……小说中这类描写虽然意在调剂气氛，为紧张的故事平添几分轻松乐趣，也从侧面反映了主人公丰富的内心世界。

阅读福尔摩斯探案故事对大多数读者来说，目的自然不是仿效福尔摩斯具体的破案手法，而是从中吸取智慧，开阔眼界，认识人生，学习观察事物和处理难题的思路，以提高自己的艺术欣赏水平和精神境界。

柯南·道尔一共写了 60 个关于福尔摩斯的故事，56 个短篇和 4 个中篇小说。这些故事在 40 年间陆陆续续在《海滨杂志》上发表。故事主要发生在 1878 年到 1907 年间，最晚的一个故事是以 1914 年为背景。这些故事中两个是以福尔摩斯第一口吻写成，还有两个以第三人称写成，其余都是华生的叙述。

柯南·道尔除了福尔摩斯探案系列外，还写过《伟大的布尔战争》《失落的世界》《新启示》《地球病叫一声》《修道院公学马拉库特深渊》等历史传记、诗歌、剧本、政论。

福尔摩斯的短篇涉及当时英国各阶层社会生活的方方面面，诸凡道德、犯罪及殖民问题无不有所或详或略的反映，而情节扑朔迷离、紧张诡异，行文轻松幽默，又不见一般破案作品浓重的血腥味，更是此书之一大特色，读来既引人入胜，又发人深省，这怕是该书经久不衰的一大诀窍吧。

姚锦镕

跳舞的小人儿

福尔摩斯一声不吭，一坐就是好几个小时。

他弯着瘦长的身子，埋头注视着面前的一支化学试管。试管里正煮着一种臭得特别的化合物。在我看来，他脑袋垂在胸前的样子，就像一只瘦长的怪鸟，全身披着深灰的羽毛，头上的冠毛却是黑的。

他忽然说：“华生，你是不打算在南非投资了，是不是？”

我吃了一惊。虽然我对福尔摩斯的各种奇特能耐已习以为常了，但怎么也想不到，他竟然这样出其不意地道破我的心事。

“你怎么知道的？”我问他。

他在圆凳上转过身来，手里拿着那支冒气的试管。他深陷的眼睛里，微微露出一丝笑意来。

“这不，华生，你得承认，你想不到吧。”他说。

“我是想不到。”

“我应该叫你把这句话写下来，签上你的名字。”

“为什么？”

“因为过了五分钟，你又会说这太简单了。”

“我一定不说。”

“你要知道，我亲爱的华生，”他把试管放回架子上，开始用教授对班上的学生讲课的口气往下说，“做出一系列推理来，并且使每个推理前后都有因果关系，而每个推理本身又简单明了，实际上并不难。

“然后，只要把中间的推理统统去掉，只告诉你的听众起点和结论，就可能产生惊人的，但也许是夸张的效果。

“所以，我看了你左手的虎口，就觉得有把握说你没有打算把你那一小笔资本投到金矿中去。这种推断做起来真的不难。”

“我看不出有什么关系。”

“似乎没有，但是我可以马上让你看到其间的密切关系。这可说是一条非常简单的链条，其中缺少一些环节。

“那就是：第一，昨晚你从俱乐部回来，左手虎口上有白粉；

“第二，只有在打台球的时候，为了稳定球杆，你才在虎口上抹白粉；

“第三，没有瑟斯顿做伴，你从不打台球；

“第四，你在四个星期以前告诉过我，瑟斯顿拥有购买南非某项产业的特权，再有一个月就到期了，他很想跟你分享这项特权；

“第五，你的支票簿锁在我的抽屉里，你一直没跟我要过钥匙；

“第六，你不打算在这方面投资。”

“这太简单了！”我叫起来了。

“说对了！”他有点儿不高兴地说，“每个问题，一经点破，就变得很简单。这里还有个不明白的问题。看你怎样解释清楚，我的朋友。”

他把一张纸条扔在桌上，又开始做他的化学分析。

我看见纸条上画着一些奇里古怪的图案，十分诧异。

“嘿，福尔摩斯，这是一张小孩子涂鸦。”

“你是这么想的？”

“难道错了吗？”

“这正是那个诺福克郡跑马村庄园的希尔顿·丘比特先生急着想弄明白的问题。这个小谜语是今天早班邮车送来的，他本人准备乘下一班火车随后赶来。门铃响了，华生。如果来的人就是他，也是我意料中的事。”

楼梯上响起一阵沉重的脚步声，不一会儿走进来一个身材高大、体格健壮、脸刮得干干净净的绅士。明亮的眼睛，红润的面颊，说明他生活的地方远离多雾的贝克街。他进门的时候，似乎带来了些许东海岸那种浓郁、新鲜、凉爽的空气。

他跟我们一一握过手，正要坐下，目光落在那张画着奇怪图案的纸条上，那是我刚才仔细看过以后放在桌上的。

“福尔摩斯先生，你作何解释？”他大声问，“听说你对稀奇古怪的事有所偏爱，我看再找不到比这更稀奇古怪的了。我事先寄来这张纸条，是为了让你在我来以前有时间研究研究。”

“的确是很怪，”福尔摩斯说，“乍一看就像孩子们信手涂鸦，在纸上横着画了些在奇形怪状跳舞的小人儿。你怎么会看重这样一张怪画呢？”

“我倒是丝毫不在意，福尔摩斯先生。可是我妻子就不一样。这张画差点儿没把她吓死。她什么也不说，但是我能从她眼神看出来她很害怕。所以我才要把这件事弄个水落石出。”

福尔摩斯把纸条举起来，正对着阳光。

那是从记事本上撕下来的，上面的画是用铅笔画的，排列成这样：

福尔摩斯仔细看了一会儿，然后小小心心地把纸条叠起来，放进记事本里。

“这可能成为一件最有趣、最不寻常的案子，”他说，“你在信上告诉了我一些细节，希尔顿·丘比特先生。但是我想请你给我的朋友华生医生再讲一遍。”

“我不善于讲故事，”来客说，他那双大而有力的手，神经质地一会儿紧握，一会儿放开，“如果有什么讲得不清楚的地方，你尽管问我好了。

“我就从去年我结婚前后开始讲吧，但是我想先说一下，虽然我不是个有钱的人，我们这一家住在跑马村大约有五百年，在诺福克郡算我们一家最出名了。

“去年，我到伦敦参加维多利亚女王即位六十周年纪念，住在罗素广场一家公寓里，因为我们教区的帕克牧师住的就是这家公寓。

“这家公寓里还住了一位年轻的美国小姐，她姓帕特里克，全名是埃尔茜·帕特里克。于是我们成了朋友。还没有等到我在伦敦住满一个月，我已经深深爱上她，离不开她了。

“我们悄悄在登记处结了婚，然后我们夫妇俩双双回到了诺福克。

“你会觉得一个名门望族子弟，竟然以这种方式娶一个来历不明的妻子，简直是发疯吧，福尔摩斯先生。不过你要是见过她、认识她的话，那你就完全理解了。

“她在这一点上很直爽。埃尔茜确实很直爽。我不能说她没给我改变主意的机会，但是我从没有想到要改变主意。

“她对我说：‘我一生中跟一些坏人有过来往，现在只想把他们都忘掉。我不愿意再提过去，这会使我痛苦万分。要是你娶了我，希尔顿，你娶的妻子个人没有做过任何有愧自己的事。但是，你必须答应我，并且允许我对在嫁给你以前我的一切经历保持沉默。要是这些条件太苛刻了，那你就回诺福克去，让我照旧过我的孤寂生活吧。’

“她的这番话就是在我们结婚前夕对我说的。

我告诉她我愿意满足她的条件娶她，我也一直遵守我的诺言。

“我们结婚到现在已经一年了，一直过得很幸福。可是，大约一个月以前，就在 6 月底，我第一次看见了烦恼的预兆。

“那天我妻子接到一封美国寄来的信。我看到上面贴了美国邮票。她脸变得煞白，把信读完就扔进火里烧了。

“后来她再也没有提起这件事，我也没提，我既然许下诺言，就应遵守。

“从那时候起，她就没有过片刻的安宁，神色惊惧，好像在等着什么，盼着什么。

“她本可以充分信任我，把我看作是她最可靠的朋友。但是，除非她开口，我什么都不便说。

“请注意，福尔摩斯先生，她是个值得信赖的人。不论她过去在生活中有过什么不幸的事，都不能怪她。

“我虽是个诺福克的普通乡绅，但是在英国我最看重家庭声望。这方面她很清楚，而且在没有跟我结婚之前，她就很清楚。她决不愿意给我们一家的声誉带来任何污点，这我完全相信。

“好，现在我谈这件事可疑的地方。大概一个星期以前，就是上星期二，我在一个窗台上发现画了一些跳舞的滑稽小人儿，跟那张纸上的一模一样，是粉笔画的。我以为是小马倌画的，可是他发誓说他一点儿都不知道。反正那些滑稽小人儿是在夜里画上去的。我叫人把画全刷掉了，后来才跟我妻子提到这件事。

“使我惊奇的是，她把这件事看得很严重，而且求我如果再出现这样的画，让她看一看。

“连着一个星期，什么也没出现。到了昨天早晨，我在花园日晷仪上找到这张纸条。我拿给埃尔茜一看，她立刻昏死过去了。

“以后她就像个梦游人，精神恍惚，始终露出恐惧的神色。

“到了这个时候，福尔摩斯先生，我才写了一封信，连那张纸条一起寄给了你。我不能把这张纸条交给警方，因为他们准要笑话我，但是你会告诉我该怎么办。我并不富有，但万一我妻子遭到什么不测，为了保护她，我愿意倾家荡产在所不惜。”

他是古老英国大地孕育出的一个好小伙子——纯朴、正直、文雅，有一双大大的蓝眼睛，显得很真挚，一张宽宽的脸庞，十分秀气。看他那神情，足以说明，他深深爱着妻子，信任妻子。

福尔摩斯全神贯注地听完他讲的这段经过以后，默默地坐着沉思了片刻。

“你不觉得，丘比特先生，”他终于说，“最好的办法莫过于直接请你妻子把她的秘密告诉你吗？”

希尔顿·丘比特摇了摇大脑袋。

“许下的诺言就该遵守，福尔摩斯先生。假如埃尔茜愿意告诉我，她就会主动告诉我的。假如她不愿意，我不能逼她说出来。不过，我自己想办法搞清楚。我一定得想个办法。”

“我很愿意帮助你。首先，你听说过你家附近一带来过陌生人没有？”

“没有。”

“想来你那一带是个很偏僻的地方，任何陌生面孔出现都会引人注意，是吗？”

“离我们家很近的地方是这样。但是，离我们那儿不太远，有好几个饮牲口的地方，那里的农民经常留外人住宿。”

“这些难懂的图案显然有其含义。假如纯粹是信手乱画的，那我们多半解释不了。从另一方面看，假如不是偶然之作，我相信我们会把它彻底弄清楚。

但是，仅有的这一张太简短，我无从入手。你提供的这些情况又太模糊，不能作为调查的基础。

“我建议你回诺福克去，多加留意，以后要是再出现新的跳舞的人的画，那就照原样准确地临摹下来。非常可惜的是，早先那些用粉笔画在窗台上的跳舞的人，没有一张复制下来。

“你还要仔细打听一下，附近有没有来过什么陌生人。要是收集到新的证据，请再来这儿。

“这就是现在我能给你的最好建议。

“如果有什么新的紧急情况，我随时可以赶到诺福克你家里去。”

这一次的会见后，福尔摩斯变得非常沉默。

一连数天，我几次见他从记事本中取出那张纸条，久久地仔细研究上面画的那些古怪图案。

可是，他绝口不提这件事。一直到差不多两个星期以后，有一天下午我正要出去，他把我叫住了。

“华生，你最好别走。”

“怎么啦？”

“因为早上我收到希尔顿·丘比特的一份电报。你还记得他和那些跳舞的人吗？他应该在一点二十分到利物浦街，随时可能到这儿来。从他的电报中，我推测已经出现了很重要的新情况。”

我们没有等多久，那位诺福克的绅士坐马车直接从车站赶来了。他显得又焦急又沮丧，一副倦态，满额皱纹。

“这件事真叫我受不了，福尔摩斯先生，”他说着，就像个心力交瘁的人一屁股坐进椅子里，“当你感觉到无形中被人包围，可是那些人你既看不见、摸不着，更不知道他们的底细，可他们在一心算计着你，这就够糟的了。加上你又明白这件事正在一点一点地折磨自己的妻子，有血有肉的人哪能受得了？她给折磨得一天天消瘦下去，我眼见她瘦下去了。”

“她说了什么没有？”

“没有，福尔摩斯先生。她还没说。不过，有好几回这个可怜的人想要说，又鼓不起勇气来开这个头。我也试着来帮助她，大概我做得很笨，反而吓得她不敢说了。她讲到过我的古老家庭、我们在全郡的名声和引以为豪的清白声誉，这时候我总以为她就会说到点子上来了，但是不知怎的，眼看着要说到节骨眼儿上，就岔开去了。”

“那么你自己有什么发现吗？”

“可不少，福尔摩斯先生。我给你带来了几张新的画，更重要的是我看到那个家伙了。”

“怎么？是画这些画的那个人吗？”

“就是他，我看见他画的。还是按顺序跟你说吧。上次我来拜访你以后，回到家里的第二天早上，头一件见到的东西就是一排新的跳舞的人，是用粉笔画在工具房黑色的木门上的。这间工具房挨着草坪，正对着前窗。我照样临摹了一张，就在这儿。”

他打开一张纸，放在桌上。下面就是他临摹下来的图案：

“好极了！”福尔摩斯说，“好极了！请接着说下去。”

“临摹完了，我就把门上这些记号擦了，但是过了两个早上，又出现了新的。我这儿也有一张。”

福尔摩斯搓着双手，高兴得咯咯笑出声来。

“咱们的资料积累得好快呀！”他说。

“过了三天，我在日晷仪上找到一张纸条，上面压着一块鹅卵石。就是这张。纸条上很潦草地画了一行小人儿，跟上一次的完全一样。

“从那以后，我决定在夜里守着，于是取出了我的左轮枪，坐在书房里不睡，因为从那儿可以望到草坪和花园。

“大约在凌晨两点的时候，我正坐在窗口，外面除了月色，黑洞洞的。

“突然我听到后面有脚步声，原来是我妻子穿着睡衣走来了。她央求我去睡，我就对她明说要瞧瞧谁在干这样的荒唐事，捉弄我们。

“她说这是毫无意义的恶作剧，要我不用去理它。

“‘假如真叫你生气的话，希尔顿，咱俩可以出去旅行，躲开这种讨厌的人。’

“‘什么？让一个恶作剧的家伙把咱们从自己的家里撵走？’我说，‘让全郡的人都来笑话咱们？’

"'睡去吧，'她说，'有事咱们白天再商量。'

"她正说着，在月光下我见她的脸忽然变得更加苍白，她一只手紧抓住我的肩膀。

"我看见对面工具房的阴影里，有什么东西在移动。一个黑乎乎的人影，偷偷绕过墙角走到工具房门前蹲了下来。

"我抓起手枪正要冲出去，我妻子使劲把我抱住。

"我用力想甩开她，她拼命抱住我不放手。最后，我挣脱开来。

"等我打开门跑到工具房前，那家伙跑了。但是他留下了痕迹，门上又画了一排跳舞的人，排列跟前两次的完全相同，我已经临摹在那张纸上。

"我把院子各处都找遍了，也没见到那个家伙的踪影。

"可这件事怪就怪在他并没有走开，因为早上我再检查那扇门的时候，发现除了我已经看到过的那排小人儿以外，又添了几个新画的。”

“你有没有那些新画的？”

“有，很简单，我也照样临摹下来了，就是这一张。”

他又拿出一张纸来。他记下的新舞蹈是这样的：

“请告诉我，”福尔摩斯说，从他眼神中可以看出他非常兴奋，“这是画在上一排下面的呢，还是完全分开的？”

“是画在另一块门板上的。”

“好极了！这一点对咱们的追查来说最重要。我觉得很有希望了。希尔顿·丘比特先生，请把你最有意思的部分接着讲下去。”

“再没有什么要讲的了，福尔摩斯先生，只是那天夜里我很生我妻子的气，我怪她不该就在我可能抓住那个偷偷溜进来的流氓的时候，把我拉住。

“她说是怕我会遭到毒手。我听了她这话顿时脑子里闪过一个念头：也许她担心是那个人会遭到毒手，因为我已经相信她知道那个人是谁，而且她懂得那些古怪图案是什么意思。

“但是，福尔摩斯先生，听我妻子的话音，看她的眼神都不容我怀疑她。我相信她心里想的确实是我自己的安全。

“这就是全部情况，现在我需要的是听听你教我该怎么办。

“我打算叫五六个农场的小伙子埋伏在灌木丛里，等那个家伙再来，就狠狠揍他一顿，叫他以后再也不敢来打搅我们了。”

“这件事太复杂，恐怕不是用这样简单的办法解决得了的，”福尔摩斯说，“你能在伦敦待多久？”

“今天我必须回去。我不能让我妻子整夜一个人待在家里。她神经很紧张，也要求我回去。”

“你回去也许是对的。要是你能不走的话，说不定过一两天我可以跟你一起回去。你先把这些纸条留给我，可能不久我会去拜访你，帮着解决一下你的难题。”

我们这位客人走前，福尔摩斯始终保持住他那种职业性的沉着。但是我很了解他，一眼就看出他心里是十分兴奋的。

希尔顿·丘比特的宽阔背影刚从门口消失，我的伙伴就急急忙忙跑到桌边，把所有的画着跳舞的人的纸条都摆在面前，开始进行精细复杂的分析。

我一连两小时看着他在纸条上一张张全都编上号，写上字母。

他一心扑在这件事上，完全忘了我在旁边。

他干得顺手的时候，便一会儿吹哨，一会儿唱起来；有时给难住了，就好一阵子皱起眉头、两眼发呆地望着。

最后，他满意地叫了一声，从椅子上跳起来，在屋里走来走去，不住地搓着手。后来，他在电报纸上写了一份很长的电报。

“华生，如果回电中有我希望得到的答复，你就可以在你的记录中添上一件非常有趣的案子了，”他说，“我希望明天咱们可以去诺福克，给咱们的朋友带去一些非常明确的消息，好让他知道使他烦恼的原因。”

说实话，我当时非常想问个究竟，但是我了解福尔摩斯喜欢在他认定适当的时候，以自己的方式来透露他的发现。所以我等着，直到他觉得适合向我说明一切的那天。

可是，迟迟不见回电。

我们耐着性子等了两天。在这两天里，只要门铃一响，福尔摩斯就竖着耳朵听。

第二天的晚上，希尔顿·丘比特捎来一封信，说他家里平安无事，只是那天清早又看到一长排跳舞的人被画在日晷仪底座上。

他临摹了一张，附在信里寄来了：

福尔摩斯伏在桌上，对着这张古怪的图案看了几分钟，猛然站起来，发出一声惊异、沮丧的喊叫。他那憔悴的脸上显得十分焦急。

“这件事咱们再不能听之任之了，”他说，“今天晚上有去北沃尔沙姆的火车吗？”

我找出了火车时刻表。末班车刚刚开走。

“那么咱们明天提前吃早饭，坐头班车去，”福尔摩斯说，“现在非咱们出面不可了。啊，咱们盼着的电报来了。等一等，哈德森太太，也许要拍个回电。不必了，完全不出我所料。看了这封电报，咱们更要赶快让希尔顿·丘比特知道目前的情况，而且一小时也不能耽误，因为这位诺福克生性单纯的绅士已经陷入了奇怪而危险的罗网中了。”

后来事实证明的确如此。

回想当初，我觉得这是个幼稚而怪诞的故事，现在当我即将结束这个悲惨故事的时候，不免再次体验到当时我所感受到的那种惊讶和恐惧。

虽然我乐于给我的读者一个光明的结尾，但作为事实的记录者，我必须照实把一连串的奇怪事件先后交代明白，对那些不幸的危机也不放过。

后来正因为发生了这些事件，使得跑马村庄园一度在全英国成了家喻户晓的地方。

我们在北沃尔沙姆下车，刚一提我们要去的目的地，站长就急匆匆朝我们跑来。

“你们两位是从伦敦来的侦探吧？”他问。

福尔摩斯的脸上露出懊恼的样子。

“你怎么知道的？”

“因为诺威奇的马丁警长刚打这儿过。要不，你二位是外科大夫吧。她还没死——至少我刚听到的消息是这样讲的。可能你们赶得上救她，但也不过是让她活下来等着上绞架罢了。”

福尔摩斯的脸色阴沉，焦急万分。

“我们要去跑马村庄园，”他说，“可我们没听说那里出了什么事。”

“惨哪，”站长说，“希尔顿·丘比特和他妻子两个都给枪打了。她拿枪先打丈夫，然后打自己。这都是他们家的用人说的。男的已经死了，女的也没有多大指望了。唉，可怜哪，原是诺福克郡最古老、最体面的一家！”

福尔摩斯二话没说，赶紧上了一辆马车。在这长达七英里的途中，他始终没有开过口。我很少见他这样绝望过。

从伦敦来的一路上，福尔摩斯一直心神不宁，我注意到，他仔细地查看各种早报的时候，显得忧心忡忡。现在，他所担心的最坏情况突然变成事实，使他感到无所适从，痛苦万分。他靠在座位上，愁容满面，陷入沉思默想之中。

然而，这一带景色独特，引人入胜。我们正穿过一个在英国算得上是独一无二的乡村，为数不多的农舍散落其间，表明如今居住在这一带的人不多了。处处有方塔形的教堂，耸立在一片平坦青葱的景色中，述说着昔日东安格利亚[①]王国的繁荣昌盛。

一片蓝紫色的日耳曼海终于出现在诺福克绿岸

---

① 安格利亚是英吉利古称。——译者注

边，马车夫用鞭子指着掩映在小树林中的两座老式砖木山墙说："那儿就是跑马村庄园。"

马车驶到带圆柱门廊的大门前，我就看见了前面网球场边那座黑色工具房和那座日晷仪，当初这两个所在曾引起我们种种奇怪的联想。

有个人刚从一辆一匹马拉的马车上走下来，短小精悍、动作敏捷、留着胡子，他自我介绍说是诺福克警察局的马丁警长。他听到我朋友名字的时候，露出很惊讶的样子。

"啊，福尔摩斯先生，这件案子还是今天凌晨三点发生的，你远在伦敦怎么就听到了，而且跟我一样快便赶到了现场？"

"我已经料到了。我来这儿是希望阻止它发生。"

"那你一定掌握了重要的证据，在这方面我们一无所知，因为据说他们是一对极和睦的夫妻。"

“我只有一些跳舞的人作为物证，”福尔摩斯说，“以后我再向你解释吧。目前，既然没来得及避免这场悲剧发生，我非常希望利用我现在掌握的材料来伸张正义。你是愿意让我参加你的调查工作呢，还是宁愿让我单独行动？”

“如果我们真的能联起手来，我感到非常荣幸。”警长真诚地说。

“这样的话，我希望马上听取证词，检查现场，刻不容缓。”

马丁警长是个明智之人，他让我的朋友自行其是，自己则乐于仔细记下结果。

当地的外科医生，是个满头白发的老年人，他刚从丘比特太太的卧室下楼来，据他报告说，她的伤势很严重，但未必致命。子弹是从前额打进去的，多半要过一段时间才能恢复知觉。

至于她是被人枪杀的还是自残的问题，他不敢冒昧表示明确的意见。有一点是可以肯定的：这一枪是从离她很近的地方打的。

在房间里只发现一把手枪，里面的子弹只打了两发。希尔顿·丘比特先生的心脏被子弹打穿。可以设想为希尔顿先开枪打他妻子然后自杀，也可以设想他妻子是凶手，因为那支左轮手枪就掉在两人正中间的地板上。

“他有没有被搬动过？”福尔摩斯问。

“没有，只把他妻子抬出去了。我们不能眼看着受伤的人在地板上躺着。”

“你来了有多久了，大夫？”

“四点钟就来了。”

“还有别人吗？”

“有的，就是这位警长。”

“你什么都没有动过？”

“没有。”

“你考虑得很周全。是谁去请你来的？”

“这家女仆桑德斯。”

“是她发现的？”

“她跟厨子金太太。”

“现在她们在哪儿？”

“在厨房里吧，我想。”

“我看咱们最好马上听听她们怎么说。”

这是间古老的大厅，镶着橡木墙板，高高的窗子。大厅正好成了调查庭。福尔摩斯坐在一把老式的大椅子上，脸色憔悴，那双威严的眼睛却闪闪发亮。我能从他眼睛里看出坚定不移的决心，他准备用毕生的力量来追查这件案子，最终为这位他没能搭救的当事人报仇雪耻。

在大厅里坐着的那一伙奇特的人当中，还有衣着整齐的马丁警长，白发苍苍的乡村医生，我自己和一个呆头呆脑的本村警察。

这两个妇女讲得十分清楚。砰的一声枪声把她们从睡梦中惊醒，接着又响了一声。她们睡的两间房间紧挨着，先是金太太跑到桑德斯的房间里来。后来她俩一块儿下了楼。

书房门开着，桌上点着一支蜡烛。主人脸朝下趴在书房正中间，已经死了。他的妻子就在挨近窗子的地方蜷缩着，脑袋靠在墙上。她伤得非常重，脸的一侧满是血，大口大口地喘气，已说不出话来了。

走廊和书房里满是烟和火药味。窗子肯定是关着的，并且从里面插上了。在这一点上，她俩都说得很肯定。

她们立即就叫人去找医生和警察，然后在马夫和小马倌的帮助下，把受伤的女主人抬回她的卧室。出事前夫妻两个已经就寝了，她身穿外套，他睡衣的外面套着便袍。书房里的东西，都没有动过。

据她俩说，夫妻间从来没有吵过架，是一对非常和睦的夫妇。

上面就是两个女仆提供证词的要点。

在回答马丁警长的问题时，她们肯定地说所有的门都从里面关好了，谁也跑不出去。

在回答福尔摩斯的问题时，她们都说记得刚从顶楼房里跑出来就闻到火药的气味。

“我提请你注意这个事实。”福尔摩斯对他的同行马丁警长说，“现在，我想咱们可以开始彻底检查那间书房了。”

书房不大，三面靠墙都是书。一张书桌对着一扇窗，窗外是花园。

我们首先注意的是这位不幸绅士的遗体。

他那魁伟的身躯横躺在屋里，四肢摊开。他衣衫零乱，说明是从睡梦中匆匆起来的。子弹是从正面射过来，穿过心脏，还留在体内，他当时就死了，没有痛苦。他的便袍上和手上都没有火药痕迹。

据乡村医生说，女主人的脸上有火药痕迹，但是手上没有。

“没有火药痕迹说明不了问题，要是有的话，情况就完全不同，”福尔摩斯说，“除非是很不合适的子弹，里面的火药会朝后面喷出来，否则打多少枪也不会留下痕迹。我建议现在就把丘比特先生的遗体搬走。大夫，我想你还没有取出打伤女主人的那颗子弹吧？”

“需要做一次复杂的手术，才能取出子弹来。那支左轮手枪里面还有四发子弹，另有两发已经打出去了，造成了两处伤口，所以六发子弹都有了下落。”

“好像是这样，”福尔摩斯说，“你能不能解释打在窗框上的那颗子弹？”

他突然转过身去，用他的细长的指头，指着离窗框底边一英寸地方的一个小窟窿。

“可不是！”警长大声说，“你倒是怎么发现的？”

“因为我找过。”

“说得好！”乡村医生说，“你说对了，先生。那就是说，当时一共放了三枪，因此一定有第三者在场。可是，这会是谁呢？他是怎么跑掉的？”

“这正是咱们就要解答的问题，”福尔摩斯说，“马丁警长，你记得在那两个女仆讲到她们一出房门就闻到火药味儿的时候，我说过这一点极其重要，是不是？”

“是的，先生。但是，坦白说，我当时不大明白你的意思。”

“这就是说在打枪的时候，门窗全都是开着的，否则火药的烟不会那么快吹到楼上去。这非得书房里有穿堂风不行。不过，门窗开着的时间很短。”

“何以见得？”

“因为那支蜡烛并没淌下蜡油来。”

“说得对！”警长大声说，“说得对！”

“我既然肯定了这场悲剧发生的时候窗子是开着的，于是就设想到其中可能有一个第三者，他站在窗外朝屋里开了一枪。这时候如果从屋里对准窗外的人开枪，就可能打中窗子框。我一找，果然那儿有个弹孔。”

“那么窗子怎么关上、闩上的呢？”

“女主人出于本能的第一个动作当然是关上窗子。啊，这是什么？”

那是个鳄鱼皮镶银边的女用手提包，小巧精致，就在桌上放着。

福尔摩斯把它打开，将里面的东西倒了出来。手提包里只装了一卷英国银行的钞票，五十镑一张，一共二十张，用橡皮圈箍在一起，此外，没别的。

“这个手提包必须保管好，要作为呈堂证物，”福尔摩斯说着，把手提包和钞票交给了警长，“现在必须想法弄清楚这第三颗子弹。从木头的碎片来看，这颗子弹明明是从屋里打出去的。我想再问一问他们的厨子金太太。金太太，你说过你是给响亮的‘砰’一声枪声惊醒的。你的意思是不是说，在你听起来它比第二声更响？”

“可不是，先生，我是睡着时给惊醒的，所以很难分辨。不过当时听起来确实很响。”

“你不觉得那可能是差不多同时放的两枪的声音？”

“这我可说不准，先生。”

“我确信那无疑是两枪的声音。马丁警长，我倒认为房里的一切已很清楚了。你愿意的话，我们一起到花园里去看看，那里能不能找到什么新的证据。”

外面有一座花坛，一直通到书房的窗前。我们走近花坛，大家不约而同地惊叫起来。花坛里的花踩倒了，松软的泥土上满是脚印。那是男人的大脚印，脚趾特别细长。

福尔摩斯像猎犬追踪中弹的鸟那样在草里和地上的树叶间搜寻着。忽然，他高兴地叫了一声，弯下腰捡起来一个铜质小圆筒。

“不出我所料，”他说，“那支左轮手枪有推顶器，这就是第三枪的弹壳。马丁警长，我想咱们的案子差不多办完了。”

这位乡村警长对福尔摩斯神速巧妙的侦查感到万分惊讶。看他那表情，最初他还想讲讲自己的主张，这时已佩服得五体投地，心甘情愿对福尔摩斯唯命是从了。

“你猜想是谁开的枪？”他问。

“以后再说吧。在这个问题上，有几点我现在还解释不了。既然我已经走到这一步了，最好还是照我自己的想法进行下去，最后把这件事对你彻彻底底说个清楚。”

“请便，福尔摩斯先生，只要我们能抓到凶手就行。”

“我丝毫不想故弄玄虚，现在正是行动的时候，不便作冗长复杂的解释。这起案子的线索我全都有了。即使这位女主人再也恢复不了知觉，咱们仍旧可以把昨天夜里发生的事情一一设想出来，并且保证让凶手受到法律制裁。首先，我想知道附近是否有一家叫作‘埃尔里奇’的小客栈？”

问遍所有的用人，谁都没有听说过这么一家客栈。

在这个问题上，小马倌帮了点忙，他记起有个叫埃尔里奇的农场主，住在东罗斯顿那边，离这里只有几英里。

“是个偏僻的农场吗？”

“很偏僻，先生。”

“昨晚这里发生的事情也许还没传到那儿的人的耳朵里吧？”

“也许没有，先生。”

“备好一匹马，我的孩子，”福尔摩斯说，“我要你送封信到埃尔里奇农场去。”

他从口袋里取出许多张画着跳舞小人儿的纸条，摆在书桌上，坐下来忙了一阵子后，便交给小马倌一封信，嘱咐他把信交到收信人手里，尤其要记住不要回答收信人可能提出的任何问题。

我看见信外面的地址和收信人姓名写得很零乱，跟福尔摩斯一向写的那种严谨的字体完全不一样。上面写的是：诺福克，东罗斯顿，埃尔里奇农场，阿贝·斯兰尼先生。

“警长，”福尔摩斯说，“我想你不妨打电报请求派押送人员来。因为如果我估计不错的话，可能有一个非常危险的犯人要押送到郡监狱去。送信的小孩就可以捎带着你的电报去发。华生，要是下午有回伦敦的火车，我看咱们就赶这趟车，因为我有一项非常有趣的化学分析要完成，何况这件侦查工作很快就要结束了。”

福尔摩斯打发小马倌送信后，吩咐所有的用人：如果有人来问起丘比特太太情况，立刻把来人领到客厅里，决不能说出丘比特太太的身体情况。他非常严厉叮嘱用人记住这些话。

最后他领着我们去客厅，并说现在的事态不在我们控制之下，大家尽量休息一下，等着看事态的发展。

乡村医生已经离开这里去看他的其他病人了，留下来的只有警长和我。

“我想我能够用一种有趣又有益的方法，来帮你们消磨一小时，”福尔摩斯说着，把椅子挪近桌边，又把那几张画着滑稽小人儿的纸条在自己面前摆开，“华生，我这么久不让你的好奇心得到满足，算我欠了你一份情。至于你呢，警长，整件案子可能会使你感兴趣，权可作为你一项不寻常的业务研究。我必须先告诉你一些有趣的情况，那就是希尔顿·丘比特先生曾两次来贝克街找我商量。”

他接着就把我前面已经说过的那些情况，简单扼要地重述了一遍。

“在我面前摆着的，就是这些独特的作品。要不是它们成了这么可怕的一场悲剧的先兆，谁见了也会一笑置之。

“我比较熟悉各种形式的秘密文字，也写过一篇关于这个问题的粗浅文章，其中分析了一百六十种不同的密码。

“但是我承认，这一种我还是第一次见到。想出这一套方法的人，显然是为了使别人以为它是儿童随手涂抹的画，看不出这些符号传达的信息。

“然而，只要一看出这些符号代表的是字母，再应用秘密文字的规律来分析，就不难找到答案。

“在交给我的第一张纸条上那句话很短，我只能稍有把握假定代表 E。你们也知道，在英文字母中 E 最常用，即使在一个短的句子中也是经常看得到的。

“第一张纸条上有十五个符号，其中四个完全一样，因此把它估计为 E 是合理的。这些图形中，有的还带一面小旗，有的没有小旗。从小旗的分布来看，带旗的图形可能是用来把这个句子分成一个个的单词。我把这看作一个可以接受的假设，同时记下 E 是用来代表的。

“可是，现在最棘手的问题来了。因为，E 之后，哪个英文字母出现次数最多呢，并不很清楚。

在一页印出的文字里和一个短句子里，平均出现的频率可能完全不同。大致说来，字母按出现次数排列的顺序是T，A，O，I，N，S，H，R，D，L；但是T，A，O和I，出现的次数几乎不相上下。要是把每一种组合都试一遍，直到得出一个意思来，那会是一项了无止境的工作。所以，我只好等来了新材料再说。

"希尔顿·丘比特先生第二次来访的时候，果真给了我另外两个短句子和似乎只有一个单词的一句话，就是这几个不带小旗的符号。

"在这个只五个字母的单词中，我找出了第二个和第四个都是E。这个单词可能是sever（切断），也可能是lever（杠杆），或者never（决不）。毫无疑问，使用末了这个词来回答一项请求的可能性极大，而且种种情况都表明这是丘比特太太写的。假如这个判断正确，我们现在就可以说，三个符号分别代表N、V和R。

“甚至在这个时候我的困难仍然很大。但是，一个很妙的想法使我知道了另外几个字母。我想，假如这些恳求是来自一个在丘比特太太年轻时候就跟她亲近的人的话，那么一个两头是E，当中有三个别的字母的组合很可能就是ELSIE（埃尔茜）这个名字。我一检查，发现这个组合曾经三次构成一句话的结尾。这样的一句话肯定是对‘埃尔茜’提出的请求。这一来我就找出了L、S和I。

“可是，究竟请求什么呢？在‘埃尔茜’前面的一个词，只有四个字母，末了是E。这个词必定是come（来）无疑。我试过其他各种以E结尾的四个字母组成的词，都与案子无关。这样我就找出了C、O和M，而且现在我可以再来分析第一句话，把它分成单词，还不知道的字母就用点代替。

“经过这样的处理，这句话就成了这种样子：

●M● ERE●●ESL●NE●

“如此说来，第一个字母只能是A。这是最有帮助的发现，因为它在这个短句中出现了不止三次。第二个词的开头是H也是显而易见的。这一句话现在成了：

AM HERE A●E SLANE●

“再把名字中所缺的字母添上，就成了：

AM HERE ABE SLANEY

（我已来。阿贝·斯兰尼。）

“我现在已掌握了这么多字母，能够很有把握地解释第二句话了。那就是：

A●ELRI●ES

“我看这一句中，我只能在缺字母的地方加上T和G才有意义。如果这是个地名，那便是写信人待的房子或客栈的名。”

马丁警长和我兴致勃勃地听着我的朋友详细讲

他如何找到答案的经过，这下我们的疑团全消了。

“接下去怎么样，先生？”警长问。

“我有充分理由猜想阿贝·斯兰尼是美国人，因为阿贝是个美国式的缩写，而且这场灾祸的导火索就是从美国寄来的一封信。

“我也有充分理由认为这件事带有犯罪的内情。女主人含含糊糊提到有关她过去的话和她拒绝把实情告诉她丈夫，都使我从这方面去想。

“所以我才给纽约警察局一个叫威尔逊·哈格里夫的朋友发了一个电报，问他是否知道阿贝·斯兰尼这个名字。

“这位朋友不止一次利用过我所知道的有关伦敦的犯罪情况。他的回电说：‘此人是芝加哥最危险的骗子。’

“就在我接到回电的那天晚上，希尔顿·丘比特给我寄来了阿贝·斯兰尼最后画的一行小人儿。按已知的这些字母译出来，就成了这样的一句话：

ELSIE● RE● ARE TO MEET THY GO●

“再添上 P 和 D，这句话就完整了（意为：埃尔茜，准备见上帝。），说明了这个流氓已经由劝诱改为恐吓。

“对芝加哥的那帮歹徒我很了解，所以我想他可能会很快把恐吓的话付诸行动。我立刻和我的朋友华生大夫来诺福克，但不幸的是，我们赶到这里的时候，最坏的情况已经发生了。”

“能跟你一起处理一件案子，使我感到荣幸，”警长热情洋溢地说，“不过，恕我直言，你只对你自己负责，我却要对我的上级负责。假如这个住在埃尔里奇农场的阿贝·斯兰尼真是凶手的话，他要是就在我坐在这里的时候逃跑了，那我准得受严厉的处分。”

“你不必担心，他不会逃跑的。”

“你怎么知道？”

“逃跑就等于他承认自己是凶手。”

“那就去把他抓起来吧。”

“我估计他很快就来这儿了。”

“他为什么要来呢？”

“因为我已经写信请他来。”

“简直难以相信，福尔摩斯先生！为什么你一请，他就乖乖地来呢？这不恰恰会引起他的怀疑，促使他逃走吗？”

“我不是编了一封信吗？”福尔摩斯说，“要是我没有看错，这位先生正往这儿来了。”

说话间，只见门外的小路上，有一个身材高大、皮肤黑黑、挺漂亮的家伙正迈着大步走过来。他穿了一身灰法兰绒的衣服，戴着一顶巴拿马草帽，胡子拉碴，大鹰钩鼻。他沿着院子路径，挥舞着手杖，大摇大摆走着，旁若无人，仿佛走的是自家的院子。不久传来响亮而自信的门铃声。

“先生们，”福尔摩斯小声说，“我看最好都各就各位，站到门后面去。对付这样的家伙，还得小心在意。警长，你准备好手铐，让我来同他谈。”

我们静静地等了片刻，这可是永生难忘的片刻。

门开了，这人走了进来。福尔摩斯立刻用手枪柄照他的脑袋敲了一下，马丁把手铐套上了他的腕子。他们的动作是那么麻利，那么熟练，这家伙还没回过神来，就动弹不得了。

他瞪着一双黑眼睛，把我们一个个都瞧了瞧，突然苦笑起来。

“先生们，这次我可栽在你们手中了。看来我是遇上厉害的角色了。我是应希尔顿·丘比特太太来信来这儿的。她不至于插手这事儿吧？难道是她帮你们给我设下了这个圈套？”

“希尔顿·丘比特太太受了重伤，现在快要死了。”

这人发出一声嘶哑的叫喊，声震屋宇。

“胡说！”他拚命嚷着说，“受伤的是希尔顿，不是她。谁会伤害小埃尔茜？我可能威胁过她——上帝饶恕我吧！但是我决不会碰她一根毫毛。收回自己的话吧——你！告诉我，她没有受伤！”

“发现她的时候，已经伤得很重，就倒在她丈夫的旁边。”

一声伤心的呻吟，他跌坐在长靠椅上，用铐着的双手遮住自己的脸，一声不响。过了五分钟，他抬起头来，绝望而冷漠地说了起来。

“我没有什么要瞒你们的，先生们。”他说，“如果我开枪打一个先向我开枪的人，就不是谋杀。如果你们认为我会伤害埃尔茜，那只是你们不了解我，也不了解她。

“世界上确实没有第二个男人能像我那样爱她了。

“我有权娶她。很多年以前，她就向我保证

过。凭什么这个英国人要来横插一杠呢？告诉你们吧，我是第一个有权娶她的，我争取的只是自己的权利。”

“在她发现你是什么样的人以后，她就摆脱了你的势力，”福尔摩斯厉声说道，“她逃出美国是为了躲开你，并且在英国同一位体面的绅士结了婚。你紧追着她，使得她很痛苦，你是为了引诱她抛弃她深爱而敬重的丈夫，跟你这个她既恨又怕的人逃跑。结果你使一个贵族死于非命，又逼得他的妻子自杀了。这就是你干的这件事的记录，阿贝·斯兰尼先生。你将受到法律的惩处。”

“要是埃尔茜死了，那我什么都不在乎了。”这个美国人说。他张开一只手，看了看攥在手心里的一张揉成一团的信纸。

“哎，先生，”他大声说，露出了一点怀疑的目光，“你不是在吓唬我吧？如果她真像你说的伤得那么重，这封信是谁写的？”他把信朝着桌子扔了过来。

“是我写的，为的是把你引来。”

“你写的？除了我们帮里的人以外，从来没有人知道跳舞人的秘密。你怎么写得出来？”

“有人想得出来，就有人能破解。”福尔摩斯说，“会来一辆马车把你带到诺威奇去，阿贝·斯兰尼先生。现在你还有时间对你所造成的伤害稍加弥补。丘比特太太已经受到重大嫌疑，说她谋杀丈夫，你知道吗？好在今天有我在场，恰恰掌握了材料，才使她不致受到控告，你知道吗？为了她你至少应该做到向大众说明：对她丈夫的惨死，她没有任何直接或间接的责任。”

“最好没有了，”这个美国人说，“我相信我为自己辩护的最好的办法，就是把全部真相和盘托出。”

“我有责任警告你：这样做可能对你不利。”警长本着英国刑法公正的严肃精神，高声地说。

斯兰尼耸了耸肩膀。

“我愿意冒这个险，”他说，“我首先要告诉在座诸位先生的是：埃尔茜还是个孩子的时候，我就认识她了。

“当时我们在芝加哥结成一帮，帮里一共七个人，埃尔茜的父亲是我们的老大。老帕特里克是个很聪明的人，他发明了这种秘密文字。除非你懂得这种文字的解法，不然就会当它是小孩信手乱涂的画。

“后来，埃尔茜对我们的事情有所耳闻，可是她不能容忍这种行当。她自己还有一些来路正当得来的钱，于是她趁我们都不防备的时候溜走，逃到伦敦。

“她已经和我订婚了。要是我干的是另外一行，我相信她早就跟我结婚了。她无论如何也不愿意跟不正当的行当沾上关系。

“到了她跟这个英国人结婚以后，我才知道她的下落。我给她写过信，但是没有得到回信。之后，我来到了英国。因为写信无效，我就把要说的话写在她能看到的地方。

“我来这里已经一个月了。我在那个农庄租到一间楼下的屋子。这样可以每天夜里自由进出，谁都不知道。我想方设法要把埃尔茜骗走。我知道她看到我写的那些话了，因为她有一次就在其中一句下面写了回答。

“于是我急了，便开始威胁她。她就寄给我一封信，恳求我离开，并且说如果闹出事来损害到她丈夫的名誉，那就会使她心碎的。

“她还说只要我答应离开这里，让她安安生生过日子，她就会在早上三点，等她丈夫睡着了，下楼来在最后面的那扇窗前跟我说几句话。她下来了，还带着钱，想用钱打发我走掉。我气极了，一把抓住她的胳臂，想从窗子里把她拽出来。

“就在这时候，她丈夫手里拿着手枪冲进屋来。埃尔茜瘫倒在地板上，我们两个面对面站着。当时我手里也有枪。我举起枪想把他吓跑，让我逃走。他开了枪，没有打中我。差不多在同一时刻，我也开了枪，他立刻倒下了。我急忙穿过花园逃走，这时还听见背后关窗的声音。

“先生们，我说的句句都是实话。后来的事情我都没有听说，一直到那个小伙子骑马送来一封信，使我像个傻瓜似的到了这儿，把自己交到你们手里。”

这个美国人说这番话的时候，马车已经到了，里面坐着两名穿制服的警察。

马丁警长站了起来，用手碰了碰犯人的肩膀。

“该走了。”

“我可以先看看她吗？”

“不行，她还没有恢复知觉。福尔摩斯先生，但愿下次再碰到重大案子，要是还有你在身边，那我可走运了。”

我们站在窗前，望着马车驶去。我转过身来，看见犯人扔在桌上的纸团，那就是福尔摩斯曾经用来诱捕他的信。

“华生，你看上面写的是什么？”福尔摩斯笑着说。

信上没有字，只有这样一排跳舞的人：

“如果你使用我解释过的那种密码，”福尔摩斯说，“你会发现它的意思不过是‘马上到这里来’。

我相信，他决不会拒绝邀请，因为他想不到除了埃尔茜以外，还有别人能写这样的信。所以，我亲爱的华生，结果，这些被恶人利用的跳舞人，在我们手中就变成有益的了。我还觉得自己已经履行了诺言，给你的记事本添上一些不平常的材料。三点四十分有班火车，我想咱们该乘这班车回贝克街吃晚饭了。”

这里还要补充几句，作为本故事的结尾：在诺威奇冬季大审判中，美国人阿贝·斯兰尼被判死刑，但是考虑到一些可以减轻罪行的情况和确实是希尔顿·丘比特先开枪的事实，改判劳役监禁。

至于丘比特太太，我只听说她后来完全康复了，现在仍旧寡居，用她全部精力帮助穷人，管理她丈夫的家业。

花斑带子

在过去的八年中，我研究了我的朋友夏洛克·福尔摩斯的破案方法，记录了七十多起案件。

我翻阅一下这些案例，发现许多是悲剧性的，其中也不乏具有喜剧色彩的，而很大一部分只能说是离奇古怪的，但是没有一例算得上是平淡无奇的。

这是因为，他办案并非为了获得金钱，而是出于对自己的办案方法的热爱。他热衷于办理那些独特的，甚至近乎荒诞的案子。

回想起来，在所有形形色色的案例中，唯有那起有名的萨里郡斯托克莫兰的罗伊洛特家族案最具异乎寻常的特色了。

我所谈的这起案子发生在我和福尔摩斯交往的早期。那时，我们都是单身汉，合住贝克街的一套寓所。我早就想把这案件写出来，但是，当时我曾作出过保证，严守秘密。

直到上个月，我为之作出保证的那位女士不幸早逝，从此我再不受诺言约束。现在，我大概可以动笔把真相公之于世了，因为我确实知道，外界对于格里姆斯比·罗伊洛特医生之死广泛流传着种种谣言，听来比实际情况更加骇人听闻。

事情发生在1883年4月初。一天早上，我一觉醒来，发现夏洛克·福尔摩斯衣冠齐整，站在我的床边。

通常，他爱睡懒觉，而这次壁炉架上的时钟，刚七点一刻，我诧异之余朝他眨巴几下眼睛，对他还有点儿生气，因为我自己的生活习惯是很有规律的。

“对不起，华生，把你叫醒了，”他说，“但是，今天早上你我都命该如此，哈德森太太被敲门声吵醒，她回头来吵醒我，现在是我来把你叫醒。”

“倒是什么事——失火了吗？”

“没有。是一位当事人。好像来了一位年轻的女士，情绪相当激动，坚持非要见我不可。现在正在起居室里等候。

“你瞧，如果这个大都会里的年轻女士大清早就出来东奔西颠的，甚至把还在酣睡的人从床上吵醒，看来那必定是一件紧急的事情，不得不找人商量。假如这是一起有趣的案子，那么，我肯定你一定希望从一开始就能有所了解。所以该把你叫醒，给你这个机会。”

“老兄，那我说什么也不愿失掉这个机会。”

我最大的乐趣就是观察福尔摩斯进行非常专业的调查工作，欣赏他迅速做出推论，看他办事之迅速，就像是不假思索，全凭直觉似的，但恰恰又总是建立在逻辑的基础之上。他就是依靠这些素质解决了所遇到的种种难题。

我匆匆地穿上衣服，几分钟后就准备就绪，随同我的朋友来到楼下的起居室。一位女士端坐窗前，她身穿黑色衣服，蒙着厚厚的面纱。见我们进来，便站起身来。

“早上好，小姐，”福尔摩斯愉快地说道，“我的名字是夏洛克·福尔摩斯。这位是我的挚友和搭档华生大夫。在他面前你不必拘束，就像在我面前一样，有什么话尽管说。哈！哈德森太太想得真周到，她已经生旺了壁炉，真叫人高兴。请凑近炉火坐坐，我叫人给你端一杯热咖啡，瞧你在发抖哩。”

“我不是因为冷才发抖。”那女士低声地说，同时，她听了福尔摩斯的话换了个座位。

“那到底是为什么？”

“福尔摩斯先生，是因为害怕和恐惧。”她说着，撩起了面纱，看得出，她确实是处于万分焦虑之中，好生令人怜楚。她脸色苍白，神情沮丧，露出惊惶不安的神色，目光酷似一头被追逐的动物。从她的身材外貌看，像是个三十岁模样的人，可是，她的头发已花白，精神不振，形容枯槁。

夏洛克·福尔摩斯迅速地从上到下打量了她一番。

“你不必害怕，”他探身向前，轻轻地拍拍她的手臂，安慰她说，“我毫不怀疑，有什么事我们很快就会处理好的。我知道，你是今天早上坐火车来的。”

“如此说来，你认识我？”

“不，我注意到你左手的手套里有一张回程车票的后半截。你一定很早就动身了，而且在到达车站之前，还乘坐单马车在崎岖的泥泞道路上行驶了一段很长的路。”

那位女士猛地吃了一惊，疑惑地凝视着我的搭档。

“没什么奥妙可言，亲爱的小姐，”他笑了笑说，“你外套的左臂上，有七处以上溅上了泥土。这些泥迹都是新沾上的。这样溅起土的只有单马车，其他的车都不会，并且只有你坐在车夫左面才会溅到泥。”

“不管你是怎么判断出来的，反正完全给你说对了。”她说，“我是六点钟前离家的，六点二十到达莱瑟黑德，坐上开往滑铁卢的第一班火车。

“先生，太紧张了，我再也受不了啦，这样下去我准会发疯。我是求助无门——关心我的只有一个人，可是他这可怜的人儿，也帮不了我。

“我听人说起过你，福尔摩斯先生，我是从法林托什太太那儿听说的，在她急需帮助的时候你向她伸出援助之手。我正是从她那儿打听到你的地址。

“哦，先生，你能不能帮帮我？至少可以给我这个陷于黑暗中的人指出一条明路吧。目前我拿不出钱酬劳你对我的帮助，但在一个月或一个半月之内，我就要结婚，那时就能支配我自己的收入，到时候你至少可以发现，我不是个知恩不报的人。”

福尔摩斯转身走到办公桌，打开抽屉的锁，从中取出一本小小的案例簿，翻阅了一下。

“法林托什，”他说，“啊，是的，我想起了那个案子，是一件和猫儿眼宝石女冠冕有关的案子。华生，我想起那还是你来以前的事呢。

“小姐，我曾经为你的朋友在那桩案子尽过力，同样，我也乐于为你这个案子效劳。至于酬劳，我的职业本身就是酬劳；不过，你可以在你感到最合适的时候，随意支付我在这件案子上可能付出的费用。

“那么，现在请你把可能有助于解决这件事的一切全告诉我们。”

“哎，”来客回答说，“我处境的可怕之处就在于我还看不出到底是什么令我担惊受怕，完全是一些鸡毛蒜皮的小事也会引起我的怀疑。这些小事在别人眼中可能是微不足道的，所有的人，甚至我最有权利取得其帮助和指点的人，也把我跟他说的有关这方面的话全看作在胡思乱想，认为我是个神经质的女人。

“他倒没有这么说，但是，我能从他安慰我的话和躲躲闪闪的眼神中觉察出来。我听说，福尔摩斯先生，你能看透人心中种种邪恶。请你告诉我，我现在是危险重重，我该如何是好。”

“我在十分留意听着呢，小姐。”

“我的名字叫海伦·斯托纳，和我的继父住在一起，英国最古老的撒克逊家族，萨里郡西部边界的斯托克莫兰的罗伊洛特家族中，在世的只有他一个人了。”

福尔摩斯点点头，说：“这个家族的名字我很熟悉。”

“这个家族一度是英国最富有的家族之一，它的产业占地极广，超出了本郡的边界，北至伯克郡，西达汉普郡。

“可是到了上个世纪，连续四代子嗣都生性放荡不羁、挥霍无度，到了摄政时期[①]终于被一个赌棍最后搞得倾家荡产。

“除了几亩土地和一座二百年古老住宅外，其他都已荡然无存，而那座古宅也已典押得差不多了。

“最后的一个地主在那里苟延残喘地过着破落贵族的悲惨日子。我的继父是他的独生子，他意识到，为适应新的境况，从一位亲戚那里借到一笔钱，

① 指1811—1820年乔治三世精神失常后由其子摄政时期。——译者注

这笔钱使他得到了一个医学博士学位，并且出国到加尔各答行医，在那儿凭借他的医术和坚强的个性，业务非常发达。

“可是，由于家里几次被盗，盛怒之下，他殴打当地人管家致死，虽然免了一死，却难逃长期监禁的厄运。后来返回英国，变成一个性格暴躁、失意潦倒的人。

“罗伊洛特医生在印度时娶了我的母亲。她原来是斯托纳太太，是孟加拉炮兵司令斯托纳少将的年轻遗孀。

“我和我的姐姐朱莉娅是孪生姐妹，我母亲再婚的时候，我俩只有两岁。她有一笔相当可观的财产，每年的收入至少有一千英镑。

“我们和罗伊洛特医生生活在一起时，她就立下遗嘱把全部财产给了他，但有一个附加条件，那就是在我们婚后，每年要拨给我们一定数目的钱。

“我们返回英伦不久，我们的母亲就去世了。她是八年前在克鲁附近一次火车事故中丧生的。

“此后，罗伊洛特医生放弃了重新在伦敦开业的想法，带我们一起到斯托克莫兰祖先留下的古老宅邸生活。我母亲遗留的钱足够应付我们的一切需要，看来我们的幸福似乎是完全有保障的了。

“但是，大约在这段时间里，我们的继父发生了可怕的变化。起初，邻居们看到斯托克莫兰的罗伊洛特的后裔回到这古老家族的宅邸，都十分高兴。

“可是他不与邻居们交朋友，也不互相往来，而是把自己关在房子里，深居简出。一旦外出，路上不管碰到什么人，非要跟人家大吵大闹一顿不肯罢休。这种近乎癫狂的暴戾脾气，在这个家族中，是有遗传性的。我相信我的继父是由于长期旅居于热带地方，致使这种脾气变本加厉。

“于是接连不断发生了争吵，丢尽了脸面。其中两次，一直吵到违警罪法庭。结果，他成了村里人人望而生畏的人。人们一看到他，都躲得远远的，因为他力气很大，发起怒来，任凭什么人也挡不住他。

“上星期他把村里的铁匠从栏杆上扔进了小河，我费了大力凑足钱，才没让他又一次当众出丑。

“除了那些到处流浪的吉卜赛人外，他没有任何朋友。他允许那些流浪者在那一块象征家族地位的几亩荆棘丛生的土地上扎营。对方为了答谢他，会在他们的帐篷里殷勤款待他，他也欣然接受。有时候随同他们出去流浪数周。

“他还对印度的动物有着强烈的爱好。这些动物是一个记者送给他的。目前，他有一只印度猎豹和一只狒狒，这两只动物就在他的庭园上自由自在地跑来跑去，村里人就像害怕它们的主人一样害怕它们。

“听了我说的这些情况，你们不难想象，我和可怜的姐姐朱莉娅的生活完全无乐趣可言。

“仆人在我们家待不下去，很长一个时期里，所有的家务都是我们自己动手做。我姐姐死的时候，才三十岁。可是她早已两鬓斑白了，甚至和我现在一样满头白发了。”

“你姐姐已经死了？”

“她是两年前才死的，我想对你说的正是有关她去世的事。你可以理解，过着我刚才所说的那种日子，我们几乎见不到任何和我年龄相仿、地位相同的人。

“不过，我们有一个姨妈，叫霍洛拉·韦斯法尔小姐，她是我母亲的姐妹，是个老处女，住在哈罗附近，我们偶尔得到允许，到她家去短期做客。

“两年前，朱莉娅在圣诞节到她家去，在那里认识了一位领半薪的海军陆战队少校，并和他订了婚约。

“我姐姐归来后，我继父听到这一婚约，对此并未表示反对。但是，在预定举行婚礼之前不到两周的时候，可怕的事情发生了，从此我失去了唯一的伴侣。”

福尔摩斯身子一直靠在椅背上，闭着眼睛，头枕在椅背靠垫上。但是，这时他半睁开眼，看了一眼客人。

“请再说得详细些，准确些。”他说。

“这好办，因为在那可怕的时刻发生的每一件事，都已经深深印在我的记忆中。我已经说过，庄园的宅子是极其古老的，只有耳房现在住着人。

“耳房的卧室在一楼，起居室位于房子的中间部位。第一间是罗伊洛特医生的卧室，第二间是我姐姐的，第三间是我自己的。这些房间彼此互不相通，但是房门都是通向一条共同的过道。我讲清楚了没有？”

“非常清楚。”

“三个房间的窗子都朝向草坪。出事的那个晚上，罗伊洛特医生早早就回到了自己的房间，不过我们知道他并没有就寝，因为那浓烈的印度雪茄烟味害得我姐姐吃尽了苦头，他抽这种雪茄已经上了瘾。

“因此，她离开自己的房间，来到我的房间里逗留了一些时间，和我谈起她即将举行婚礼的事。到了十一点钟，她起身回自己的房间，但是走到门口时停了脚步，回过头来。

“‘告诉我，海伦，’她说，‘在夜深人静的时候，你听到过有人吹口哨没有。’

“‘从来没有。’我说。

“‘我想你睡着的时候，不可能吹口哨吧？’

“‘当然不会。怎么回事？’

“‘因为这几天的深夜，大约清晨三点钟，我总是清晰地听到轻轻的口哨声。我一向睡得挺警醒，所以被吵醒了。我说不出那声音是哪儿来的，可能来自隔壁房间，也可能来自草坪。我当时就想，我得问问你有没有也听到了。’

“‘没有，我没听到过。一定是种植园里那些讨厌的吉卜赛人。’

“‘完全有可能。可是如果是从草坪那儿来的，我纳闷：你怎么会没有听到。’

“‘啊，是不是因为我一般睡得比你沉。’

“‘好啦，反正小事一桩。’她扭过头对我笑笑，接着把我的房门关上。不一会儿，我就听到她的钥匙在门锁里转动的声音。”

“可不是，”福尔摩斯说，“你们是不是有夜里锁门的习惯？”

“总是这样。”

“为什么呢？”

“我想我和你提到过，医生养了一只印度猎豹和一只狒狒。锁上门，感到安全些。”

“是这么回事。请接着说。”

“那天晚上，我睡不着。模模糊糊一种大祸临头的感觉。你记得我们姐儿俩是孪生姐妹，要知道，孪生姐妹总是微妙地血肉相连，心灵紧密相通。

“那天晚上，天气很糟，外面狂风大作，雨点噼噼啪啪打在窗子上。突然，在风雨嘈杂声中，传来一声女人的狂呼惊叫，我听出那是我姐姐的声音。

“我一下子从床上跳了起来，裹上一块披巾，冲向了过道。就在我开房门时，我仿佛听到一声轻轻的就像我姐姐说的那样的口哨声，稍停，又听到哐啷一声，仿佛是一块金属倒在地上。

“就在我顺着过道跑过去的时候，只看见我姐姐的门锁已开，房门正在慢慢地移动着。我吓呆了，瞪着双眼，不知道会有什么东西从门里出来。

“借着过道的灯光，我看见我姐姐出现在房门口，她的脸由于恐惧而苍白如纸，双手摸索着寻求救援，整个身体就像醉汉一样摇摇晃晃。

“我跑上前去，双手抱住她。这时只见她似乎双膝无力，跌倒在地。她像一个正在经受剧痛的人那样翻滚扭动，四肢可怕地抽搐着。

“起初我以为她没有认出是我，可是当我弯身要抱她时，她突然发出凄厉的叫喊，那叫声令我记住一辈子。

“她叫喊的是：‘唉，海伦！天啊！是那条带子！那条花斑带子！’

“她的话好像还没有说完，还想说些别的什么，把手高高举起，指向医生的房间，但是抽搐再次发作，她说不出话来了。

“我大步奔过去，大声喊我的继父，正碰上他穿着睡衣，急急忙忙地从房间过来。

“他赶到我姐姐身边时，我姐姐已经不省人事了。尽管他给她灌下了白兰地，并从村里请来了医生，但一切努力都无济于事，她已奄奄一息，濒临死亡，直至咽气之前，再也没有重新苏醒。这就是我那亲爱的姐姐的悲惨结局。”

“且慢，”福尔摩斯说，“你敢十分肯定听到那口哨声和金属碰撞声了吗？你能肯定吗？”

“本郡验尸官在调查时也这样问过我。我是听到过，给我的印象很深。可是当时风雨声很响，老房子也发出嘎嘎吱吱声，我也有可能听错。”

“你姐姐还穿着日常的衣服吗？”

“没有，她穿着睡衣。在她的右手中发现了一根烧焦了的火柴棍，左手里有个火柴盒。”

“这说明在出事的时候，她划过火柴，并向周围看过，这一点很重要。验尸官得出了什么结论？”

“他非常认真地调查了这个案子，因为罗伊洛特医生的品行在郡里早已臭名远扬，但是他找不出任何有说服力的致死原因。

“我证明，房门总是反锁的，窗子也是由带有宽铁杠的老式百叶窗护着，每天晚上都关得严严的。墙壁仔细地敲过，发现四面都很坚固，地板也经过了彻底检查，结果也是一样。烟囱倒是很宽大，但也是用了四个大锁环闩上的。

“因此，可以肯定我姐姐在遭到不幸的时候，只有她一个人在房间里。再说，她身上没有任何暴力的痕迹。”

“会不会是被人毒死的？”

“几个医生为此做了检查，但查不出来。”

“那么，你认为这位不幸的女士的死因是什么呢？”

“尽管我想象不出是什么东西吓坏了她，可是我相信她致死的原因完全是由于恐惧和精神上的刺激。”

“当时种植园里有吉卜赛人吗？”

“有，那儿几乎不断有些吉卜赛人。”

“啊，从她提到的带子——花斑带子，你有什么看法？”

“有时我觉得，那只不过是精神错乱时说的胡话，有时又觉得，可能指的是某一帮人。也许指的就是种植园里那帮吉卜赛人[①]。他们当中有那么多人头上戴着带斑点子的头巾，我不知道这能不能说得清她所使用的那个奇怪的词。”

福尔摩斯摇摇头，像是这样的想法远远不能使他感到满意。

---

① 英文band既有“带子”的意思，也有“一帮人”的意思。——译者注

“这里面大有文章。”他说，“请接着讲下去。”

“此后的两年里，我的生活比以往更加孤单寂寞了。然而，一个月前，很荣幸有一位认识多年的亲密朋友向我求婚。他的名字叫阿米塔奇——珀西·阿米塔奇，是住在里丁附近克兰沃特的阿米塔奇先生的二儿子。

“我继父对这件婚事没有表示异议，我们商定在春天结婚。

“两天前，这所房子西边的耳房开始修缮，我卧室的墙壁上钻了些洞，所以我只好搬到我姐姐丧命的那房间里去住，睡在她睡过的那张床上。

“昨天晚上，我睁着眼睛躺在床上，回想起她可怕的遭遇。就在这夜深人静时，我突然听到曾经预示她死亡的轻轻口哨声，不难设想，我当时被吓成什么样子！

“我跳了起来，点上灯，但是房间里什么也没看到。我吓得掉了魂似的，再也不敢重新上床。我穿上了衣服，天一亮，悄悄出来，在住宅对面的克朗旅店雇了一辆单马车，坐车到莱瑟黑德，又从那里来到你这儿，唯一的目的是来拜访你并向你讨教。”

“你这样做很明智，”我的朋友说，“但是你是否一切全说了？”

“是的，全说了。”

“罗伊洛特小姐，你并没有全说。你在袒护你的继父。”

“天哪！你这是什么意思？”

我们客人的手放在膝头上，黑色花边袖口有条褶边，遮住她的手。福尔摩斯拉起了褶边，露出白皙的手腕，只见上面留有五小块乌青的伤痕，那是四个手指和一个拇指的指痕。

“你受过虐待。”福尔摩斯说。

这位女士满脸绯红，遮住受伤的手腕说：“他身强力壮，也许不知道自己的力气有多大。”

大家沉默了好长时间，在这段时间里福尔摩斯手托着下巴，凝视着噼啪作响的炉火。

“这是一件异常复杂的案子。”最后他说，“在决定要采取什么步骤以前，我希望了解的细节多得数不胜数。我们已经到了刻不容缓的时候了。假如我们今天到斯托克莫兰去，我们是否能在你继父不知道的情况下，查看一下这些房间呢？”

“巧得很，他谈起过今天要进城来办理一些十分重要的事情。他很可能一整天都不在家，这就不会对你有任何妨碍了。眼下我们有一位女管家，她已一大把年纪，而且很蠢，我很容易把她支开。”

“好极了，华生，你不反对跟我去一趟吧？”

“决不反对。”

“那么，我们两个人都要去。你自己有什么要办的事吗？”

“既然到了城里，有一两件事我想去办一下。不过，我将坐十二点钟的火车赶回去，好及时在那儿恭候两位。”

“你可以在下午早些时候等我们。我自己有些业务上的小事要料理一下。你不留下来吃一点儿早点吗？”

“不，我得走了。我把我的烦恼事跟你们说了以后，心情轻松多了。我盼望下午能再见到你们。”她把那厚厚的黑色面纱拉下来蒙在脸上，悄悄地走出房间。

“华生，你听了有什么想法？”夏洛克·福尔摩斯身子向后一靠，问道。

“在我看来，这里面藏着一个十分阴险毒辣的阴谋。”

“是够阴险毒辣的。”

“可是，如果这位女士所说的地板和墙壁没受到什么破坏，人从门窗和烟囱里是钻不进去的，如果这些情况属实的话，那么，她姐姐莫名其妙地死去时，她无疑是一个人在屋里。”

“可是，那夜半哨声是怎么回事？那女人临死时非常奇怪的话又作何解释？”

“我想不出来。”

“夜半哨声，同这老医生关系十分密切的一帮吉卜赛人的出现，我们有充分理由相信医生企图阻止他继女结婚，那句临死时提到的有关带子的话，最后还有海伦·斯托纳小姐听到的哐当一声的金属碰撞声（那声音可能是由一根扣紧百叶窗的金属杠落回原处引起的）——当把上述所有情况联系起来的时候，我想有充分根据认为：沿着这些线索就可以解开这个谜。”

“那么那些吉卜赛人都干了些什么？”

“我无法想象。”

“我觉得任何这一类的推理都有许多说不通的地方。”

“我觉得是这样。正因为此，我们今天才要到斯托克莫兰去。我想看看这些漏洞是无法弥补的呢，还是可以解释得通的。啊，真见鬼，这到底是怎么回事呢？”

我搭档这声突如其来的喊叫是因为我们的门突然被人撞开了。

一个彪形大汉堵在房门口。他的装束很古怪，既像一个专家，又像一个庄稼汉。他头戴黑色大礼帽，身穿一件长礼服，脚上却穿着一双有绑腿的高筒靴，手里还挥动着一根猎鞭。

他长得人高马大，帽子实际上都擦到房门上的横楣了。他块头之大，几乎把门的两边堵得严严实实。他那张宽脸皱纹纵横，被太阳晒得黄黄的，以充满邪恶的神情看了看我，又看了看福尔摩斯。他那一双凶光毕露的深陷的眼睛和那细长而高高的鹰钩鼻子，使他看起来活像一只老而凶残的猛禽。

“哪个是福尔摩斯？”这个怪物问道。

“先生，我就是。不过，对不起，请问你是哪个？”我的伙伴心平气和地说。

“我是斯托克莫兰的格里姆斯比·罗伊洛特医生。”

“哦，医生，”福尔摩斯和蔼地说，“请坐。”

“用不着来这一套，我知道我的继女到你这里来过，因为我在跟踪她。她对你都说了些什么？”

“今年这个时候天气还这么冷。”福尔摩斯说。

“她都对你说了些什么？”老头怒气冲冲，嚷了起来。

“但是我听说番红花将开得很不错。”我的搭档径自接着说。

“哈！你想搪塞我，是不是？”我们这位新客人向前跨上一步，挥动着手中的猎鞭说，“我认识你，你这个无赖！我早就听说过你。你是福尔摩斯，一个爱管闲事的家伙。”

我的朋友微微一笑。

“福尔摩斯，你这家伙就爱管闲事！”

他笑得更欢了。

“福尔摩斯，你这个苏格兰场的自命不凡的芝麻官！”

福尔摩斯咯咯地笑了起来。“你的话真够风趣的，”他说，“你出去的时候把门关上，因为有一股穿堂风正吹着哩。”

“我把话说完就走。你竟敢来干涉我的事。我知道斯托纳小姐来过这里，我跟踪了她。我可是一个不好惹的危险人物！你瞧这个。”他迅速地向前走了几步，抓起拨火棍，用他那双褐色的大手把它折弯。

“留神别落到我的手中！”他咆哮着说，顺手把折弯的拨火棍扔到壁炉里，大踏步地走出了房间。

“多和蔼可亲的人，”福尔摩斯哈哈大笑说，“我的块头没有他那么大，但是假如他在这儿多待一会儿，我会让他看看，我的手劲儿比他的小不了多少。”他说着，拿起那根钢拨火棍，猛一使劲儿，就把它重新弄直了。

“真好笑，他竟那么蛮横地把我和官方侦探混为一谈！然而，这么一段插曲却为我们的调查增添了乐趣，我唯一希望的是我们的小朋友不会由于粗心大意让这个畜生跟踪上而遭受伤害。好了，华生，我们叫他们开早饭吧，饭后我要步行到医师协会去，我希望在那儿能搞到一些有助于我们处理这件案子的材料。”

夏洛克·福尔摩斯回来时已快要一点钟了。他手中拿着一张蓝色纸，上面潦草地写着一些字和数字。

“我看到了他那已故妻子的遗嘱。”他说，“为了确定遗嘱所留下收入的确切数额，我不得不计算出遗嘱中所列的投资有多大进项。其全部收入在那位女人去世的时候略少于一千一百镑，现在，由于农产品价格下跌，至多不超过七百五十镑。可是每个女儿一结婚就有权从收入中索取二百五十英镑。

“因此，很明显，假如两位小姐都结了婚，这位‘美人儿’剩下的钱就不多了，甚至即使只有一位结了婚也会弄得他很狼狈。看来我上午没白忙，因为这证明了他有最强烈的动机，要防止这一类事情发生。

“华生，现在再不动手就太危险了，特别是那老头已经知道我们对他的事很感兴趣，所以，如果你准备好了，我们就去雇一辆马车，去滑铁卢车站。假如你把你的左轮手枪揣在口袋里，我将万分感激。对于能把钢拨火棍扭成麻花的先生，一把‘埃利二号’手枪是最能解决争端的工具了。我想我们需要带的就是这个家伙，外加一把牙刷。”

来到滑铁卢，我们正好赶上一班开往莱瑟黑德的火车。到站后，我们从车站旅店雇了一辆双轮轻便马车，沿着美丽的萨里单行车道行驶了五六英里。

那天天气很好，阳光明媚，空中白云飘飘。树木和路边的树篱初露嫩枝，空气中散发着令人心旷神怡的湿润泥土气息。对于我来说，至少觉得这春意盎然的景色和我们从事的这件凶险的调查是一个奇特的对照。

我的搭档双臂交叉，坐在马车的前部，帽子耷拉下来遮住了眼睛，头垂到胸前，深深地陷入沉思之中。忽地，他抬起头来，拍了拍我的肩膀，指着对面的草地。

“瞧那边。”他说。

只见一片树木葱茏的园地，向着不很陡的斜坡向上延伸，到了最高处形成了密密的一片丛林。树丛之中隐现出一座十分古老宅邸的灰色山墙和高高的屋顶。

“那是斯托克莫兰吗？”他问。

“是的，先生，那是格里姆斯比·罗伊洛特医生的房子。”马车夫答道。

“那边正在造什么东西，”福尔摩斯说，“我们要去的就是那地方。”

“村子在那儿，”马车夫指着左面的一排排屋顶说，“但是，如果你们想到那幢房子去，你们这样走会更近一些：跨过篱笆两边的台阶，然后顺着地里的小路走。瞧那儿，小姐正在小路上哩。”

“我想，她就是斯托纳小姐，”福尔摩斯手搭凉棚，仔细地瞧着说，“好，我看我们最好还是照你说的办。”

我们下了车，付了车钱，马车叽嘎叽嘎地驶回莱瑟黑德。

“我认为还是让这个家伙把我们当成是来这里的建筑师，或者是来办事的人吧，免得他到处嚼舌头。”我们走上台阶，福尔摩斯说，“午安，斯托纳小姐。你瞧，我们是说到做到的。”

我们这位早上来过的当事人急急忙忙赶上前来迎接我们，脸上流露出喜悦。“我一直在焦急地盼着你们，”她热情地和我们握手，大声说道，“一切都很顺利。罗伊洛特医生进城了，看来不到傍晚他是不会回来的。”

“我们已经有幸认识了这位医生。”福尔摩斯说。接着他把前后经过大概说了一遍。听着听着，斯托纳小姐的整个脸和嘴唇变得煞白。

“天哪！”她喊了起来，“如此说来，他一直在跟踪我了。”

“看来是这样。”

“他太狡猾了，我始终觉得自己逃不出他的手心。他回来后会说什么呢？”

“他自己也得当心，因为他可能已发现，有比他更狡猾的人跟踪他。今天晚上，你一定要把门锁上，不放他进去。如果他动粗，我们就送你去哈罗你姨妈家里。现在，我们得抓紧时间，所以，请马上带我们到需要查看的那些房间去。”

这座宅邸是用灰色的石头砌的，壁上苔藓斑驳，房子中央部分高高矗起，两侧是弧形的厢房，像一对蟹钳向两边延伸。

一侧的厢房窗框都已经破碎，钉着木板，房顶也有一部分坍陷了，完全是一副荒废破败的景象。

房子的中央部分也已年久失修。可是，右首那一排房子却比较新，窗子里窗帘低垂，烟囱上蓝烟袅袅，说明这家人就居住在这块地方。

靠山墙竖着一些脚手架，墙的石头部分已经凿通，但是我们到达那里时却没见到有工人的踪影。福尔摩斯在那块粗粗修剪过的草坪上慢慢地走来走去，十分仔细地检查了窗子的外部。

“我想，这是你过去的卧室，当中那间是你姐姐的房间，挨着主楼的那间是罗伊洛特医生的卧房。”

“说对了。当中那间是我现在的卧室。”

“我想这是因为房屋正在修缮。顺便说说，那座山墙似乎完全没有必要非修不可吧。”

“根本没有必要，我相信那只不过是找个借口，要我从自己的房间里搬出去。”

“哦，这很说明问题。嗯，这狭窄厢房的另一边有条过道，通向三个房间的房门都在那里，里面当然也有窗子吧？”

“不错，不过是一些非常窄小的窗子。太窄了，人钻不进去。”

“既然你俩晚上都锁上自己的房门，从那一边进入你们的房间是不可能的了。现在，麻烦你到你的房间里去，并且关上百叶窗，好不好？”

斯托纳小姐照他吩咐的做了。福尔摩斯十分仔细地检查开着的窗子，然后用尽各种方法想打开百叶窗，但就是打不开。百叶窗关得严丝密缝，连刀子也插不进去，不可能用撬棍撬开。随后，他用放大镜检查了合页，合页是铁制的，牢牢地嵌在坚硬的石墙上。

“嗯，”他有点儿困惑不解地搔着下巴说，“我的推理肯定有些不对头的地方。如果这些百叶窗闩上了，是没有人能够钻进去的。好吧，我们来看看里边有没有什么线索能帮助我们弄明白事情的真相。”

一道小小的侧门通向刷得雪白的过道，三间卧室的房门都朝向这个过道。福尔摩斯不想检查第三个房间，所以我们马上就来到第二间，也就是斯托纳小姐现在用作寝室、她的姐姐丧命的那个房间。

这是一间简朴的小房间，按照乡村旧式宅子的样式盖的，有低低的天花板和一个开口式的壁炉。房间的一角摆着一只棕色的五斗橱，另一角放置着一张窄窄的床，罩着白色床罩，窗子的左侧是一只梳妆台。这些家具加上两把柳条椅子就是这个房间的全部陈设了，只是正当中还有一块四方形的威尔顿地毯。

房间四周的木板和墙上的嵌板是蛀孔斑斑的棕色栎木，十分陈旧，并且褪了漆。很可能都是当年建筑这座房子时已经有的。福尔摩斯搬了一把椅子到墙角，默默地坐在那里。他的目光前前后后、上上下下不停地打量着。他看得十分仔细，房间里的每个细节都不放过。

最后，他指着悬挂在床边的一根粗粗的铃拉索问道："这只铃通什么地方？"那索头的流苏实际上就搭在枕头上。

"通管家的房里。"

"看样子它比房里其他东西都要新些。"

"是的，装上没几年。"

"我想是你姐姐要求装的吧？"

"不是，我从来没有听说她用过。我们要什么东西都是自己去取的。"

"是啊，看来实在没有必要在那儿安装这么扎实的一根铃索。对不起，我得花几分钟看看这地板。"他趴了下去，手里拿着放大镜，迅速地前后移动，十分仔细地检查木板间的缝隙，又对房间里的嵌板做了同样的检查。最后，他走到床前，目不转睛地打量了好一会儿，又顺着墙上下来回瞅着。末了他把铃索握在手中，突然使劲儿一拉。

“咦！这只是个摆设。”他说。

“拉不响吗？”

“不响，上面甚至没有接上线。太有意思了，看清了吧，绳子刚好是系在小小的通气孔上面的钩子上。”

“多么荒唐！我以前从来没有注意到这个。”

“多怪！”福尔摩斯手拉着铃索，喃喃地说，“这房间里有一两个十分特别的地方。例如，造房子的人太傻了，竟把通气孔朝向隔壁房间，花费同样的工夫，完全可以通到户外去的。”

“那也是新近才开的。”这位小姐说。

“是和铃索同时开的吗？”福尔摩斯问。

“是的，有好几处小改动都是那时进行的。”

“这些东西实在太有趣了——装样子的铃索，不通风的通气孔。你要是允许的话，斯托纳小姐，我们到里面那一间去看看。”

格里姆斯比·罗伊洛特医生的房间比他继女的宽敞一些，但房间里的陈设也是十分简朴。一张行军床，一个木制小书架，满是书，多数是技术书，床边是一把扶手椅，靠墙有一把普通的木椅，一张圆桌和一只大铁保险柜，这些就是一眼就能看到的主要家具和杂物。

福尔摩斯在房间里慢慢地绕了一圈，全神贯注地，逐一检查了一遍。

“里面是什么？”他敲敲保险柜问道。

“我继父业务上的文书。”

“噢，你见过里面的东西了？”

“只一次，那是几年以前。我记得里面装满了文书。”

“比方说，里边不会有猫吧？”

“哪会呢，多么奇怪的想法！”

“哦，你看这个！”他从保险柜上边拿起一个盛奶的浅碟。

“不，我们家从来不养猫。家里倒有一只印度猎豹和一只狒狒。”

“啊，是的，当然！嗯，印度猎豹也差不多算是一只大猫，可是，我敢说要满足它的需要，一碟奶怕不怎么够吧。还有一个特点，我必须得弄清。”他蹲在木椅前，聚精会神地检查了椅子面板。

“谢谢，差不多可以算弄清了，”说着，他站起来，把手中的放大镜放回衣袋里，“唷，这儿有件很有意思的东西！”

引起他注意的是挂在床头上的一根小赶狗鞭子。不过，这根鞭子是卷着的，而且打成结，以使鞭绳盘成一个圈。

“这件事你怎么看，华生？”

“那只不过是一根普通的鞭子。但我不明白，为什么要打成结？”

“并不那么太普通吧。天哪，这真是个罪恶的世界，聪明人如果把脑子用在犯罪上，那就糟透了。我想我现在已经看够了，斯托纳小姐，如果你许可的话，我们到外面草坪走走。”

我从来没有见到过我的朋友在离开调查现场时，脸色是那样的严峻，表情是那样的阴沉。我们在草坪上来来回回走着，无论是斯托纳小姐还是我，都不想打断他的思路，最后他终于开口说话了。

“斯托纳小姐，”他说，“你得在一切方面都绝对按我所说的办，这是至关重要的。”

“我一定照办。”

“情况太严重了，不容有片刻犹豫。你的生命可能取决于你是否听从我的话。”

“我向你保证，我一切听从你的吩咐。”

“首先，我的朋友和我都必须在你的房间里过夜。”

斯托纳小姐和我都吃惊地看着他。

“对，必须这样，让我来解释一下。我相信，那儿就是村里的客栈吧？”

“是的，那是克朗客栈。”

“很好。从那儿看得见你的窗子？”

“肯定看得见。”

“你继父回来时，你一定要假装头疼，把自己关在房间里。然后，当你听到他夜里就寝后，你就必须打开你那扇窗子的百叶窗，解开窗子的搭扣，把灯摆在那儿作为给我们的信号，随后带上你可能需要的东西，悄悄地回到你过去住的房间。我断定，尽管尚在修理，你还是能在那里住一宿的。”

“哦，明白了，这容易办。”

“余下的事放心交给我们办。”

“可你们打算怎么办？”

“我们要在你的卧室里过夜，我们要调查打扰你的那种声音是怎么回事。”

“我相信，福尔摩斯先生，你已经心中有底了。”斯托纳小姐拉着我朋友的袖子说。

“也许是这样。”

“那么，发发慈悲吧，告诉我，我姐姐是怎么死的？”

“我倒愿意在有了更确切的证据之后再说。”

“你至少可以告诉我，我的想法是否正确：她也许是突然受惊而死的。”

“不，我不这么看。我认为可能有某种更为直接的原因。好啦，斯托纳小姐，我们必须离开了，因为，要是罗伊洛特医生回来见到了我们，我们这次就算是白来了。再见，要勇敢些，只要你按我的话去做，你尽可以放心，我们很快就除掉威胁你的那些危险了。”

夏洛克·福尔摩斯和我没费什么劲儿就在克朗

旅店订了一间卧室和一间起居室。房间在二层楼，我们可以从窗子看到斯托克莫兰庄园林荫道旁的大门和住人的厢房。黄昏时刻，我们看到格里姆斯比·罗伊洛特医生驱车过去，他那胖大的身躯出现在给他赶车的瘦小的少年身旁，显得格外突出。那男仆在打开沉重的大铁门时，稍稍费了点儿事，我们听到医生嘶哑的咆哮声，并且看到他由于激怒而对那男仆挥舞着拳头。

马车走了。过一会儿，我们看到树丛里突然射出一道灯光，原来是一间起居室点上了灯。

“你知不知道，华生？”夜色渐浓，我们坐在一起谈话，福尔摩斯说，“今天晚上你同我一起来，我的确不无顾虑，因为确实存在着明显的危险因素。”

“我能帮上忙吗？”

“有你在场可能会起很重要的作用。”

“那么，我当然应该来。”

“非常感谢！”

“你说到危险。显然，刚才你在那些房间里看到的东西比我看到的要多得多。”

“不，但是我认为，我可能稍微多推论出一些东西。我想我看到的你也看到了。”

“除了那根铃索，我没有看到其他值得注意的东西。至于那东西有什么用途，我承认，我想象不出来。”

“你也看到那通气孔了吧？”

“看到了，但是我想在两个房间之间开个小洞，并不值得大惊小怪。那洞口是那么窄小，连个耗子都难钻过去。”

“在我们没来斯托克莫兰以前，我就知道，我们将会找到通气孔。”

“你真神哪，亲爱的福尔摩斯！”

“哦，是的，我想到了。你记得当初她在叙述中提到她姐姐能闻到罗伊洛特医生的雪茄烟味。那么，这自然立刻表明在两个房间当中必定有一个通道。可是，它只可能是非常窄小的，不然在验尸官的检验报告中，就会被提到。因此，我推断是一个通气孔。”

“但是，一个通气孔能造成什么伤害呢？”

“嗯，至少在时间上有着奇妙的巧合，凿了一个通气孔，挂了一条绳索，睡在床上的一位小姐送了命。这难道还不足以引起你的注意吗？”

“我仍然看不透其间有什么联系。”

“你注意到那张床有什么非常独特之处吗？”

“没有。”

“它是用螺钉固定在地板上的。你以前见到过一张那样固定的床吗？”

“怕是没见过。”

“那位小姐移动不了床。那张床就必然总是保持在同一相应的位置上，既对着通气孔，又对着铃索——也许我们可以这样称呼它，因为显而易见，它从来没有被当作铃索用过。”

“福尔摩斯，”我高声喊叫起来，“我似乎隐约领会到你给我的暗示。我们刚好来得及防止某种阴险而可怕的罪行发生。”

“真够阴险可怕的。一个医生堕入歧途，他犯起罪来最拿手。他既有胆量又有知识。帕尔默和里查德就是他们这一行中拔尖的，但这个人更高深莫测。

“但是，华生，我想我们会比他更高明。不过天亮之前，担惊受怕的事情还多得很；看在上帝的分儿上，让我们安安生生地抽一斗烟，换换脑筋。在这段时间里，想点儿愉快的事情吧。”

大约九点钟，从树丛中透过来的灯光熄灭了，庄园那边一片漆黑。

两个小时缓慢地过去了，突然，就在时钟刚打十一点的时候，我们的正前方孤零零地出现了一盏灯，灯光显得特别明亮。

“那是我们的信号，”福尔摩斯跳了起来说，“是从当中那个房间透出来的。”

我们向外走的时候，他和旅店老板交谈了几句话，解释说我们要连夜去访问一个熟友，可能会在那里过夜。

一会儿，我们就来到了漆黑的路上，冷飕飕的夜风吹在脸上，在朦胧的夜色中，昏黄的灯光在我们的前方闪烁，引导我们去完成悲壮的使命。

由于山墙年久失修，到处是残墙断垣，我们轻而易举地进入了庭院。

我们穿过树丛，又越过草坪，正待通过窗子进屋时，突然从一丛月桂树中，蹿出了一个形状像丑陋畸形的孩子的东西，它扭动着四肢纵身跳到草坪上，随即飞快地跑过草坪，消失在黑暗中。

“天哪！”我低低地叫了一声，“你看到了吗？”

此刻，福尔摩斯和我一样，也吓了一大跳。他在激动中用像老虎钳似的手攥住了我的手腕。接着，他低声笑了起来，把嘴巴贴近我的耳朵上。

“真是不错的一家子！”他低声地说，“这就是那只狒狒。”

我已经把医生的宠物忘得一干二净。竟没有想到还有一只印度猎豹！它随时都有可能趴到我们的肩上。我学着福尔摩斯的样子，脱下鞋，悄悄溜进卧室。我承认，直到这时，我才放下心来。

我的朋友悄无声息地关上了百叶窗，把灯挪到桌子上，向屋子四周瞧了瞧。室内的一切，和我们白天见到的一样，没有改变。

他蹑手蹑脚地走到我跟前，把手圈成个喇叭，再次凑着我的耳朵小声说，声音轻得我刚能听出他说些什么："连最小的声音都会毁了我们的计划。"

我点头表示我听见了。

"我们必须摸黑坐着，他会从通气孔发现有亮光的。"

我又点了点头。

"千万别睡着，这是生死关头。把手枪准备好，以防万一。我坐在床边，你坐在那把椅子上。"

我取出手枪，放在桌子角上。

福尔摩斯带来了一根又细又长的藤鞭，把它放在身边的床上。床旁边放了一盒火柴和一个蜡烛头，然后，吹熄了灯。四周一片黑暗。

我至今也忘不了那次可怕的守夜。

四周静悄悄的，连呼吸声也听不见。可是我知道，我的朋友正睁大眼睛坐着，离我只有咫尺之隔，且同样处于神经紧张的状态。百叶窗挡住了可能照到房间的最微弱的光线。我们在伸手不见五指的漆黑中等待着。

外面偶尔传来猫头鹰的叫声，有一次我们的窗前传来两声长长的猫叫似的哀鸣，这说明那只印度猎豹确实在到处跑动。

我们还听到远处教堂深沉的钟声，每隔一刻钟就响亮地响一次。这一刻钟令人感到无限漫长！

钟敲了十二点、一点、两点、三点，我们一直沉默地端坐在那里等待着可能出现的任何情况。

突然，从通气孔那个方向闪来一道瞬间即逝的亮光，随之而来的是一股燃烧煤油和加热金属的强烈气味。隔壁房间里有人点着了一盏遮光灯。我听到了什么东西轻轻挪动的声音。接着，一切又都沉寂下来。可是那气味却越来越浓。

我竖起耳朵坐了足足半个小时，突然，我听到另一种声音——一种非常轻而柔和的声音，就像烧开了的水壶嗞嗞地喷着气。

就在我们听到这声音的一瞬间，福尔摩斯从床上跳了起来，划着了一根火柴，用他那根藤鞭猛烈地抽打那铃索。

“你看见了没有，华生？”他大声地嚷着，“你看见了没有？”

可是我什么也没有看见。就在福尔摩斯划着火柴的时候，我听到一声低沉、清晰的口哨声。但是，突如其来的耀眼亮光照着我变得酸痛的眼睛，使我看不清我朋友正在拚命抽打的是什么东西。可是我看到，他的脸死一样苍白，满脸是恐怖和憎恶的表情。

他已停止了抽打，抬头注视着通气孔，紧接着在黑夜的寂静中，突然爆发出一声我有生以来未听到过的最恐怖的尖叫声。这叫声越来越高，交织着痛苦、恐惧和愤怒的令人惊惧的哀号。

据说这喊声把远在村里，甚至别的教区的人们都从睡梦中惊醒。我们听了这叫声不禁毛骨悚然。

我站在那里，呆呆地望着福尔摩斯，他也呆呆地望着我。

最后回声终于渐渐消失，一切又恢复了原来的寂静。

“怎么回事？”我忐忑不安地问。

“这说明好戏已经有了结局，”福尔摩斯答道，“而且，总的来看，这可能是最好的结局。带上手枪，我们到罗伊洛特医生的房间看看去。”

他点着了灯，带头过了过道，表情非常严峻。

他敲了两次卧室的房门，里面没有回音，他随手转动了门把手，进入房内，我紧跟在他身后，手里握着扣上扳机的手枪。

出现在我们眼前的是一幅奇特的景象。桌上放着一盏遮光灯，遮光板半开着，一道亮光照到铁保险柜上，柜门半开着。

桌旁边的那把木椅上，坐着格里姆斯比·罗伊洛特医生，他身上披着一件长长的灰色睡衣，睡衣下面露出一双赤裸的脚脖子，两脚套在红色土耳其无跟拖鞋里，膝盖上横搭着我们白天看到的那把短柄长鞭子。

他的下巴向上翘起，他的一双眼睛恐怖地、僵直地盯着天花板的一角。

他的额头上绕着一条异样的、带有褐色斑点的黄带子，那条带子似乎紧紧地缠在他的头上，我们走进去的时候，他既没有作声，也没有动一动。

“带子！花斑带子！”福尔摩斯低声说。

我向前跨了一步。只见他那条异样的头饰开始蠕动起来，从他的头发中间钻出一条粗而短的、令人憎恶的毒蛇，头呈三角形，脖子鼓鼓的。

“这是一条沼泽地蝰蛇！”福尔摩斯不禁失声叫了起来，“印度最毒的毒蛇。医生被咬后十秒钟内就死去了。真是恶有恶报，阴谋家掉到亲手挖成的、陷害别人的陷坑里去了。咱们把这畜生弄回到它的巢里去，然后我们就可以把斯托纳小姐转移到一个安全的地方，然后把这里发生的事报告当地警方。”

说话间，他快速从死者膝盖上取过打狗鞭子，甩过去，用活结套住那条爬虫的脖子，从它可怕地盘踞着的地方把它拉了起来，并伸出手臂提着它，扔到铁柜子里，随手将柜门关上。

这就是斯托克莫兰的格里姆斯比·罗伊洛特医生死亡的真实经过。

说了一大通已经够长了，至于我们怎样把这悲痛的消息告诉那吓坏了的小姐，怎样乘坐早车陪送她到哈罗，交给她好心的姨妈照看，警方又是怎样长时间调查后得出结论，认为医生是在不明智地玩弄自己豢养的危险宠物时丧生的，等等，就没有必要在这里一一赘述了。

不过有关这案子还有一个情况我还不太了解，福尔摩斯在第二天回城的路上告诉了我。

“亲爱的华生，”他说道，“我曾经得出了一个错误的结论，这说明：依据不充分的材料进行推论总是非常危险的。

“那些吉卜赛人的存在，那可怜的小姐用了‘band’这个词，这无疑是表示她在火柴光下仓惶中见到一样东西，这些情况足够引导我跟踪一个完全错误的线索。

“当我认清那威胁到住在室内的人的任何危险既不可能来自窗子，也不可能来自房门，我立即重新考虑自己的想法，只有这一点我觉得可以说是我的贡献。

“正像我已经对你说过的那样，我的注意力迅速转到那个通气孔，那个悬挂在床头的铃索。当我发现那根绳子只不过是个幌子，那张床又是被螺钉固定在地板上，这两件事立刻引起了我的怀疑，我怀疑那根绳子只不过是起个桥梁作用，是为了方便什么东西钻过洞孔到床上来。我立即就想到了蛇。我知道医生养了一群从印度运来的动物，当我把这两件事联系起来时，我感到很可能我的思路是对头的。

“使用一种用任何化学试验都检验不出的毒物，这种主意只有一个经过东方式训练的聪明而冷酷的人才想得出来。在他看来，这种毒药能够迅速发挥作用也是它的一大可取之处。确实，要是有哪一位验尸官能够检查出那毒牙咬过的两个小黑洞，也就算得上是个眼光敏锐的人了。

“接着，我想起了那口哨声。当然，天一亮他就必须把蛇召唤回去，以免让他要谋害的对象看到它。他驯养的那条蛇能一听到召唤就回到他那里，很可能就是我们见到的牛奶在起作用。他认为最合适的时候把蛇送过通气孔，确信它会顺着绳子爬到床上。

“蛇也许会咬，也许不会咬床上的人，她也许有可能整整一周每天晚上都免遭毒手，但她迟早不免一死。

“我在走进他的房间之前就已得出了这个结论。

“对他椅子的检查表明，他常站在椅子上，当然是为了够得着通气孔。见到保险柜，发现有那一碟牛奶和鞭绳的活结，余下的一切怀疑完全好解释了。斯托纳小姐听到了金属哐啷声，这很明显是她继父急急忙忙把他那条可怕的毒蛇关进保险柜时引起的。

“至于我一旦打定主意，接着采取了些什么步骤来验证，你已一清二楚了。

“我听到有东西嗞嗞作响，我毫不怀疑你一定也听到了，我马上点着了灯并抽打它。”

“结果把它从通气孔赶了回去。”

“结果还引起它在另一头反过去扑向它的主人。我那几下藤鞭子抽打得它够受的，激起了它的毒蛇本性，因而就把第一个见到的人狠狠地咬了一口。这样，我无疑得对格里姆斯比·罗伊洛特医生的死间接地负责。凭良心说，我是不大会为此而受良心谴责的。”

假面之谜

（我的朋友福尔摩斯具有一种独特的才能，能把一些离奇的戏剧性故事说得出神入化，使我们听得有如身临其境。在我发表根据这些神秘的案件所写的短篇小说时，自然而然多顾及他的成就，少谈他的失败。我之所以这样做，并不是为了顾全福尔摩斯的名声——实际上，每逢他觉得山穷水尽之时，他过人的精力和多才多艺表现得淋漓尽致，令人钦佩得五体投地——而是因为凡是福尔摩斯遭到失败之事，别人也不会成功，而故事也就永远没有结局了。然而，往往也有这样的情况，甚至当他出现了差错，真相最终还是被查了出来。我曾注意到五六种这类情况的案子，其中有两件案子最明显，最引人入胜。一件是马斯格雷夫仪规案，一件就是我现在准备讲述的故事。）

福尔摩斯很少为锻炼身体而去锻炼。一般来说，很少有人能善于运用自己的体力，使其发挥更大的作用。而在与他同体重的人中，福尔摩斯毫无疑问是我见过的最优秀的拳击家，但是，他把盲目锻炼看作是浪费精力，所以除了与他职业有关的项目以外，他很少参与其他活动。可是他却始终不知疲倦，长年不懈。

他这样的养身之道，确实很奇怪。他的饮食始终简简单单，起居也极其简朴，近于节衣缩食。除了偶尔注射些可卡因以外，福尔摩斯没有其他恶习。每当没有案件可查，而报纸新闻又枯燥无味时，他便求助于麻醉剂，以调剂生活的单调。

早春的一天，福尔摩斯清闲起来，居然有时间陪我到公园去散步。此时榆树已生出嫩绿的幼芽，栗树又粘又尖的枝头开始冒出五瓣形新叶。

我们在一起默默地漫步了两个小时，这对我们这两个亲密无间的人来说大有裨益。我们回到贝克街时，已经近五点了。

“请原谅，先生，”我们的小听差边开门边说道，“有位绅士来找过您，先生。”

福尔摩斯不满地瞥了我一眼。

“都是午后散步惹的祸！”福尔摩斯说，“就是说这位绅士已经走了？”

“走了，先生。”

“你有没有请他进来？”

“请了，先生，他进来过。”

“他等了多久？”

“等了半小时，先生。他非常焦躁不安，先生，他一直在房里走个不停，还跺着脚。我在门外等候，先生，可是我能听到他的动静。

“最后他走到过道里大声嚷嚷：‘是不是这个人就不回来了？’他就是这么说的，先生。

“我说：‘请再稍等片刻。’

“他又说：‘那么我到外面去等，这里快把我给闷死了，过一会儿我再来。’他说完就走了，我说什么也留不住他。”

“得了，得了，你尽力了。”我们走进屋中，福尔摩斯说道，“真叫恼人，华生。我正需要一件案子。从这个人急不可耐的样子来看，这像是一件重要案子呢。

“瞧！这桌上的烟斗不是你的。一定是那个人落下的。这是一只很好的欧石南根烟斗，斗柄很长，是用烟草商叫作琥珀的那种材料做成的。

“我不知道伦敦城里究竟有几只真正的琥珀烟

嘴，有人认为里面有苍蝇的那种才是真琥珀。得，显然，他一准心里着急，竟把自己很珍爱的烟斗落下了。”

“你怎么知道他珍爱这只烟斗？”我问道。

“这个嘛，据我看来，这烟斗的原价不过七先令六便士，可是，你看，已经修补过两次，一次在木柄上，另一次是在琥珀嘴上。你可以看到，每次修补用的都是银箍，比烟斗的原价要高得多。这个人宁愿去修理烟斗，也不愿花同样的钱去买一只新的，说明他一定很珍惜这只烟斗。”

“还有别的吗？”我问道，因为福尔摩斯正把烟斗翻过来掉过去，以他独有的沉思神情打量着。

福尔摩斯把烟斗拿起来，用他那细长的食指弹了弹，就像教授在讲授动物骨骼课似的。

“烟斗有时非常说明问题，”福尔摩斯说，“除了表和鞋带以外，没有什么东西比烟斗更能表示一个人的个性了。可是这只烟斗的迹象既不十分明显，也不非常重要。烟斗的主人显然是一个身强力壮的人，左撇子，一口好牙齿，一向粗心大意，吃穿不愁。”

我的朋友丝毫不假思索，信口说出了这番话，还斜视着我，看我是不是明白他的推理。

“你认为他用一只七先令的烟斗吸烟，那就是一个殷实的人吗？”我问。

“这是格罗夫纳板烟，八便士一英两，”福尔摩斯说着，在手心中磕出烟斗里的一点烟来，“用这烟的一半价钱，就可以抽到上等烟了，可见他是个吃穿不愁的人了。”

“那么，别的呢？”

“他有在油灯和煤气喷灯上点烟斗的习惯。你可以看出这烟斗的一边已经烧焦了。当然用火柴就不会弄成这样。用火柴点烟怎么会烧焦烟斗边呢？

但在油灯上点烟，就不能不烧焦烟斗。而烧焦的只是烟斗的右侧，由此，我推测他是一个惯用左手的人。

“你拿着烟斗在灯上点点看，就可以看到，因为你惯用右手，自然是左侧向火焰了。有时你也许不这么点烟，但这毕竟不是经常性的。所以只能认为他惯用左手。

“此外，琥珀嘴已被咬穿，说明他身强力壮，牙齿整齐。

“如果我没有弄错的话，我听到他已上楼来了，那么，我们就可以研究一些比这烟斗更有趣的问题了。”

不一会儿，房门开了，一个身材高大的年轻人走了进来。只见他身穿一套讲究而素净的深灰色衣服，手中拿着一顶棕色宽檐呢帽。我猜他的年龄在三十岁上下，可是实际上还要大几岁。

“请原谅，”他有点儿不好意思地说，“我想我应当先敲门。是的，我当然应该先敲门。可是事实上我有点儿心烦意乱，请原谅我的冒失。”他把手放在额上，仿佛头昏眼花似的，一屁股坐倒在椅子上。

“看得出来，你已经一两夜没有睡觉了。”福尔摩斯以惯有的亲切温和的口气说，“这确实比工作还要伤神，甚至比玩乐还要伤神。请问有何见教？”

“我要请你给指点指点，先生。我不知道怎样办才好，我的整个生活似乎给毁了。”

“你是不是想请我做一个咨询侦探？”

“不单是这样。你远见卓识，见多识广。我需要知道下一步该怎么办。我希望你能告诉我。”

他说得急促，零乱，说说停停，我觉得他好像连开口说话都非常痛苦，始终竭力用意志力克制着自己的情绪。

“这是一件非常微妙的事，”他说道，“哪一个人也不愿意对外人说自己家的私事。尤其是和两个完全陌生的人来议论自己妻子的行为，更是令人难堪。这样做简直太可怕了。可是，我已走投无路，不能不向别人求教了。”

“我亲爱的格兰特·芒罗先生……”福尔摩斯接口道。

来客从椅子上跳起身来。

“怎么？”他大声道，“你知道我的姓名？”

“假如你想不让人家知道自己的姓名身份，”福尔摩斯笑吟吟地说道，“我劝你以后不要再把名字写在帽子的里子上，不然的话，你跟别人说话时，不要把帽里子冲向人家。

“我正想告诉你，我和我的朋友在这间屋子里已经听到过许许多多稀奇古怪、神秘莫测的怪事，而且我们有幸能够使不少惶惶不安的人心灵得以安宁。

“我相信我们也能为你做到这一点。因为时间宝贵，请你不要耽误时间，赶快把事情的原委给我说说吧。”

来客又把手放到额上，仿佛感到非常痛苦。我从他的姿态神情上看出来，他话不多，不易冲动，天性有些自傲，宁愿掩饰自己的创伤，也不愿流露出来。

后来，他忽然握紧拳头，做了个坚定的手势，似乎不再隐忍下去，开始说了起来：

“事情是这样的，福尔摩斯先生，我是一个已婚的人，结婚已三年了。在这三年中，我和我的妻子像别的夫妻一样，恩爱有加，生活美满。我们的思想、言辞和行动没有丝毫分歧。

“可是现在，从上星期一开始，我们中间突然出现了一堵墙。我发现，在她的生活和思想上，有一些东西我竟然被蒙在鼓里，完全像个陌路人。我们疏远了。我想知道这是为什么。

“不过，我先要说明几句，然后我再接着讲下去，福尔摩斯先生。艾菲是爱我的。这个你别误解。她一心一意地爱着我，现在更加爱我了。这一点我知道，也感觉得出来，这是毋庸置疑的。一个男人很容易察觉女人爱不爱他。

“不过我们夫妻之间，有这个秘密存在，在这个秘密弄清楚以前，我们不能恩爱如初了。”

“芒罗先生，请你说说事实。”福尔摩斯有点儿不耐烦地说道。

“我先来说说我所知道的艾菲的历史。我第一次见到她时，她还年轻，只有二十五岁，却已守寡了。那时她叫赫伯龙夫人。

“她很小的时候就去了美国，住在亚特兰大城，嫁给了赫伯龙。他是律师，有很多委托人。他们生有一个孩子，可是那地方流行了黄热病，她的丈夫和孩子先后得黄热病双双死去。我看过赫伯龙的死亡证。

“从此她对美国再没有好感，便回国和她未出嫁的姑母一起住在米德尔塞克斯的平纳。我还有一点要说明：她的丈夫给她留下一笔相当可观的遗产，大约有四千五百镑。她丈夫在世时这笔资产投资得利，平均年利七厘。

“我俩相遇时，她来平纳才六个月，我们相爱，几星期后就结婚了。

“我自己是个蛇麻商人，年收入有七八百镑之多。我们在诺伯里租了一座小别墅，每年租金八十镑，日子过得非常舒适。

“我们这小地方离城又近，又有村野风味。离我们不远，有一家小旅馆和两所房屋，我们门前是一片田野，一边有一所单独的小别墅。除此之外，只有到车站去的半路上才有房子。

“我这个职业只需在一定的季节才进城去办事，夏季就不用去了。于是我和我的妻子在自己的乡下住宅里过着自由自在、快快乐乐的日子。

“我可以告诉你，在这件不幸的事情发生之前，我们夫妇俩从没有出现过任何不愉快的事。

“还有一件事，我应当先告诉你，然后再接着讲。我们结婚时，妻子把全部财产都转到我名下了。这原不是我的本意，因为我觉得如果我的事业失败，那就很难周转了。可是，她坚持要这样做，我只好照办。

“啊，大约六个星期以前，她来找我。

“‘杰克，’她说，‘你接受我那笔钱的时候，你说过，我什么时候要用就可以向你要。’

“‘不错，’我说，‘那钱本来就是你的。’

“‘好，’她说，‘给我一百镑。’

“我一听，感到有些意外，因为我以为她不过是要买一件新衣服或其他这一类的东西。

“‘到底怎么回事？’我问道。

“‘噢，’她开玩笑地说道，‘你说过你只是为我保管钱财的银行。要知道，银行向来不东问西问的。’

“‘如果你真需要钱，当然可以拿到。’我说。

“‘可不是，我真的需要。’

“‘你能告诉我你干吗用这笔钱吗？’

“‘杰克，过几天再告诉你，现在不行。’

“于是我只好照办了。不过如果说我们夫妇间有什么秘密，这就是第一回。我给了她一张支票，事后也没把这件事放在心上。这件事也许和后来发生的事没有什么关系，但我想还是说出来的好。

“这不，我说过，离我们住处不远，有一所小别墅。我们住所和小别墅之间有一块田野，要到小别墅去，先得沿大路走，然后再绕到一条小道上去。就在小别墅那边，有一座可爱的小小的苏格兰枞树林，我平常很喜欢去那里散步。因为，树木总是令人感到亲切。

“八个月来，这所小别墅一直无人居住，叫人看了怪可惜的。因为那是一座很漂亮的两层楼，有一道古色古香的游廊，周围到处是金银花。我经常在那里逗留，并且经常想，要是住在那里该多舒心。

“哎，上星期一傍晚，我在这条路上走着走着，遇到一辆空篷车转到小道上，同时看到游廊旁草地上有一堆地毯和一些别的东西。显然，这所小别墅终于租出去了。

“我走过去，像一个无所事事的闲人，停下来打量一番，想知道住得离我们这么近的究竟是什么人。可是我正在打量，突然意识到上面一扇窗子里有一张面孔也正在看着我。

“福尔摩斯先生，我虽说不出那到底是张什么样的面孔，反正我见了背上只感到冷飕飕的。我站得稍微远了一点儿，所以看不清面貌。不过这张面孔有点儿不自然，而且怪怪的。这就是我那时的印象。

“我便急忙走向前去，以便把窥视我的那个人看得更清楚些。但我一走近，那张面孔突然不见了，仿佛突然被拉到室内的暗处。

“我站了足有五分钟，琢磨着这件事，想把我得到的印象理出个头绪。我很难说这究竟是一张男人的还是女人的脸孔，它离我太远了。

“可是这张面孔的颜色给我留下的印象却是很深的。它就像青灰色的白垩土一样，而且有点儿僵硬呆板，怪异得吓人。我心里很不安，便决心再去看看这所小别墅的新住户。

“我走近门前敲了敲门，很快来开门的是一个身材高大而精瘦的女人，面貌奇丑，令人望而却步。

"'你要干吗？'她操着北方口音问道。

"'我是你对面的邻居，'我把头朝我的住处点了点，说，'我看你们刚刚搬进来，因此我想是不是能帮助你们做些什么……'

"'好吧，我们需要时，自然会请你。'她说着，径自关上门。

"我吃了这样粗暴的闭门羹，非常生气，转身回家。

"整个晚上，尽管我竭力不去想这件事，但脑海中始终翻腾着那窗口出现的怪人和那女人的粗鲁形象。我决意不向妻子说这件事，因为她是个胆小而又容易激动的女人，我不愿意让她也因我的遭遇而感到不快。

"然而，临睡前，我还是告诉她那所小别墅现在已经住上人了，可她没有回答。

"我通常睡得很死。家里人经常嘲笑我说夜里没有什么能吵得醒我。可是这天晚上，我不知道是不是由于这件小事刺激，还是其他原因，反正我再没有睡得像平常那么沉。

“我在蒙眬中似乎觉得室内有什么人在走动，慢慢地意识到我妻子已经穿好衣服，并且披上了斗篷，戴上了帽子。

“我似睡非睡中张嘴含含糊糊地说了几句话，对她这种不适时的举动感到意外和不快。当我半睁半闭的双眼突然落到我妻子的脸上，竟使我惊异得说不出话来。烛光下，她的表情是我所未见的，也决不会是装出来的。她脸色死白，呼吸急促。在她系紧斗篷时，偷偷地瞧着床上，看有没有把我惊醒了。

“后来，以为我还在睡，她便悄悄地从屋中溜出去，过了一会儿，我听到一阵刺耳的吱吱嘎嘎声，这分明是大门合页发出的响声。

“我从床上坐起来，用手关节敲床栏，看看我是不是真的醒着。然后我从枕下拿出表来，一看是凌晨三点钟了。这种时候我妻子到外面村道去，到底要干什么?

“我呆呆坐了二十分钟，满脑子想着这事，竭力寻找可能的原因来。可越想越糊涂，越想越觉得古怪。

“就在我苦思而理不出头绪时，听到门又轻轻关上了，我妻子走上楼来。

“‘半夜三更上哪里去了，艾菲?’她一进来，我便问。

“听我一问，她吓了一跳，尖叫了一声。这一叫更使我受不了，听得出来惊叫声中分明露出一种难以形容的内疚之情。

“我妻子向来是一个真诚而爽直的女人，看到她悄悄溜进自己的屋内，而当丈夫问话时竟然惊叫起来，畏畏缩缩，怎不叫人寒心。

"'你醒了，杰克！'她强作笑容，大声说道，'怎么，我还以为什么也吵不醒你呢。'

"'你到哪里去了？'我更加厉声地问道。

"'难怪你要觉得惊奇了，'她说道，我看到她在解斗篷的纽扣时，手指不住哆嗦，'呃，这可是我从未做过的事。是这么回事：我觉得好像有些气闷，特别想透一透新鲜空气。我觉得，要是不出去，真要晕倒了。我在门外站了几分钟，现在已完全没事了。'

"她说这番话的时候，始终不敢正视我一眼，她的声音跟平常的完全不一样。她分明是撒谎。

"我没有回答，转过脸朝着墙壁。我非常痛心，心中充满了千百种恶意的猜测和怀疑。妻子对我隐瞒什么呢？她鬼鬼祟祟，究竟到哪里去了？

"我感到，在我查明这件事的底细以前，我是不会安宁的。可是，在她向我说过一次假话以后，我不愿再问她什么了。这一夜我一直辗转反侧，爬起来又睡下去，猜来想去，就是得不到要领。

“第二天我本应到城里去，但我心中十分烦恼，也顾不得生意了。我妻子似乎也和我一样坐立不安，始终观察我的脸色。我从她那疑虑的目光看去，她已经知道我不相信她说的话，也是六神无主不知如何是好。

“早餐时我们相互没说一句话，饭后我立即出去散步，好在清晨新鲜空气中理清头绪。

“我一直走到‘水晶宫’，在宫里的庭院度过了一个小时，回到诺伯里时已经一点钟了。我正巧路过那所小别墅，便停下脚步打量那些窗子，看看是否能见到昨天看我的那张怪面孔。

“就在这时，小别墅的门突然打开了，我妻子走了出来。福尔摩斯先生，你想，我会是多么惊奇。

“我一见到她，惊呆得说不出话来，可是当我们目光相遇时，我妻子显得比我更加激动。

“开始时，她似乎想再退回到别墅去。后来，看到再隐瞒也无济于事，便走上前来，面色异常苍白，目光惊惧，与她嘴唇上强露出的微笑，明显不相称。

“‘啊，杰克，’她说道，‘我刚才来看看是不是能给新邻居帮点忙。你为什么这样看着我，杰克？你不会生我的气吧？’

“‘如此说来，’我说道，‘你昨夜去的就是这地方了。’

“‘你这是什么意思？’她大声道。

“‘我完全可以肯定，你昨夜到这里来了。这都是些什么人？你竟然在深更半夜来看他们？’

“‘此前我没来过这里。’

“‘你怎能对我说起谎话来？’我大声喊道，‘你连说话的声音都变了。我什么时候有事瞒过你？我

要进去，把这件事弄个水落石出。’

“‘不，不，杰克，看在上帝的分儿上！不要进去。’她激动得失去了自制，喘着粗气，说道。等我走到门口时，她一把拽住我的袖子，使劲儿把我拉回去。

“‘我求求你不要这样做，杰克，’她高声喊道，‘我答应你，过几天把一切全都告诉你，如果你进到别墅里去，除了自找苦吃，没有别的好处。’后来，我想从她手中挣脱开，她紧紧把我缠住，疯狂地哀求着。

“‘请你相信我，杰克！’她哭喊道，‘就相信我这一次。你决不会因此而后悔的。你知道，要不是为了你好，我决不会对你隐瞒什么。这对我们的整个生活关系重大。如果你和我一起回家，就没事了；如果你硬要闯进去，那么我们之间的一切就全完了。’

“她的态度既诚恳，又绝望，我听了不禁停住脚步，站在门前犹豫起来。

“‘要让我相信你，必须有一个条件，而且只有一个条件，’我终于说道，‘那就是从今以后必须停止这种秘密行动。你有权保留你的秘密，但你必须答应我夜里不再出来，不再瞒着我。如果你答应我，以后不会再有这样的事情，过去的事让它过去，我再也不去计较。’

“‘我知道你会相信我的，’她非常宽慰地松了口气，高声道，‘我完全可以照你的愿望办。走吧，啊，离开这儿回家吧。’

“她仍然拽着我的衣袖，把我从小别墅引开。我走时向后看了看，看到上面窗上，有一张铅灰色的面孔正向我们张望。我妻子和这个怪人之间有什么关系呢？头天我看到的那个粗俗而又丑陋的女人和她又有什么瓜葛？这是一个奇怪的谜团。我知道，在我解开这个疑团之前，我的心是永远不会安宁的。

“从此，我在家里待了两天，我妻子信守我和她约定的条件。就我所知，她从未出门一步。然而，第三天，我有充分的证据证明，她虽然庄严地许下了诺言，但还是挡不住那股神秘的吸引力，从而使她背弃她的丈夫和她的责任。

“那一天我到城里去了，可是我没有像往常那样乘三点三十六分的火车回来，乘的是两点四十分的火车。我一进门，女仆就惊慌失措地跑进厅堂。

“‘太太在哪里？’我问。

“‘我想她出去散步了。’她答道。

“我不禁起了怀疑，我跑到楼上看她是否确实不在房中。

“这时我偶然向窗外一望，看到刚才和我说话的女仆穿过田野，正向那小别墅方向跑去。那时我当然非常清楚到底是怎么回事了。我妻子又到那里去了，事先她吩咐过女仆，我如果回来，就去叫她。

“我气得发抖，跑下楼来，奔出去，决心将这件事一查到底，给它个彻底了断。我看到我妻子和女仆沿小路赶回来，可是我没有站下来和她们说话。这所小别墅里有一种秘密，为我的生活投下了阴影。

“我发誓，无论如何，不能再让它继续下去。我走到房前，甚至连门都没敲，转动门钮，就冲进过道里。

“楼下静悄悄的。厨房里炉灶上水壶咝咝作响。一只大黑猫盘卧在一只篮中。但没有以前我看到的那个女人的踪影。

“我跑进另一间屋子，可是也同样空无一人。后来我跑上楼去，另两间房间也是空的。顶楼也是空的。整个别墅竟找不到一个人影。室中的家具和图画都极为平常而粗俗，只有我从窗外看到奇异面孔的那间寝室是例外。

“这房间舒适而讲究。当我看到壁炉台上悬挂着一张我妻子的全身照，这时的我不仅起疑心，更是痛苦万分，怒不可遏。那张照片还是三个月前我要她拍摄的。

“我在别墅内停留了一阵，看清确实空无一人以后，才走出来，心中感到前所未有的沉重。

“我回到家里，我妻子来到前厅，可是我受到伤害，非常生气，不愿搭理她，从她身旁冲进书房中去。可是她没等我把门关上，跟了进来。

“‘我很抱歉，竟没有信守诺言，杰克，’她说道，‘可是你如果知道这里面的全部实情，我相信你一定能原谅我的。’

“‘那就告诉我吧。’我说道。

“‘我不能，杰克，我不能。’她高声喊道。

"'如果你不告诉我住在那所别墅里的是谁，你送给相片的那个人是干什么的，我们就不能互相信任了。'我说罢，从她身旁走开，离开了家。

"这是昨天的事，福尔摩斯先生，从那时起我就没有见过她。

"对于这件奇怪的事，我只知道这些。这是我们夫妻间头一次出现不和。这使我十分震惊，不知如何是好。

"今天早晨我突然想到你可以指点我，所以急忙赶到你这里来，全拜托你了。假如这里面有哪一点我没有说清，请问好了。

"不过，首先请你赶快告诉我该怎么办，因为我太痛苦了，实在受不了啦。"

福尔摩斯和我聚精会神地听着这件离奇的故事。这个人情绪异常激动，时讲时停，断断续续。我的朋友，一手托着下巴，默默坐在那里，陷入沉思。

“请告诉我，”他终于开口说道，“你能保证你在窗子上看到的面孔是一张男人的面孔？”

“我每次看到这张面孔，距离都比较远，所以不能肯定。”

“但你显然对这张面孔的印象是很不好的。”

“脸色看来很不自然，而且毫无表情，怪怪的。但我走近时，立刻不见了。”

“你妻子向你要了一百镑，离现在有多长时间了？”

“大约有两个月了。”

“你看到过她前夫的照片吗？”

“没有，他死后不久，亚特兰大发生了一场大火，她的所有文书都烧掉了。”

“可是她有一张死亡证书，你说你看到过，是吗？”

“是啊，这场火灾以后，她拿到了一份副本。”

“你可遇到什么人，在美国时认识她的？”

“没有。”

“她有没有提到过要回亚特兰大的事？”

“没有听她说起。”

“或者有没有接到过那里的来信？”

“没有。”

“谢谢你。现在我要把这件事情稍微想一想。如果这所别墅现在仍然空着，我们便有些难办了。不过，我想很可能，昨天在你进去以前，里面的住户得到警告，所以事先躲开了，现在可能又回来了。我们不难把它查清楚。我劝你返回诺伯里后，再观察一下那所别墅的窗子。如果肯定里面有人居住，你不必硬闯进去，只要拍一份电报给我和我的朋友就可以了。我们收到电报，一小时内就赶到你那里，很快就可以查个水落石出。”

“假如别墅现在没人呢，怎么办？”

“这样的话，我明天去，然后再和你商量。再见。不过，重要的是，在没有弄清原委之前，你不要再烦恼了。”

“我担心这事情不妙，华生，”我的朋友把格兰特·芒罗先生送到门口以后，回来时说道，“你看呢？”

“这件事很难办。”我回答道。

“对了，如果我没弄错的话，这事涉及敲诈勒索。”

“那么谁在诈人呢？”

“啊，那一定是住在那唯一舒适的房间里，并把她的照片挂在壁炉墙上的那个人。华生，真的，窗子里那张毫无表情的面孔当真很值得注意呢，我无论如何也不放过这件案子。”

“你已经有了主意了？”

"是啊，这仅仅是一时的想法。要是结果证明我想错了，那太使我意外了。我认为这女人的前夫就住在小别墅里。"

"你为什么这样想呢？"

"不然，她那样惊惶不安、坚决不让现在的丈夫进去的举动又作何解释？

"照我想来，事实大致是这样：这个女人在美国结了婚，她前夫沾染了什么不良的恶习，或者说，染上了什么令人讨厌的疾病，染上麻风病，要么成了个低能儿。她终于离弃了他，回到英国。更名换姓，想开始一个新的生活。又给现在的丈夫看了伪造的死亡证书，况且结婚也已三年，她深信自己的处境非常安全。

"可是她的踪迹突然被她的前夫发现，或者可以设想，被某个与这位病人有瓜葛的狡诈的女人发现了。

“他们便写信给这个妻子，威胁说要来揭露她。她便要了一百镑设法去打发他们。可他们还是来了。当丈夫向妻子提到别墅有了新住户时，她知道这就是追踪她的人。

“她便等丈夫熟睡以后，跑出去设法说服他们别给她添麻烦。这一次没有成功，第二天早晨又去了，可是正像她丈夫跟我们说的那样，她出来时正好碰上了他。这时她才答应不再去了。

“但两天以后，摆脱这些可怕邻居的强烈愿望驱使她又进行了一次尝试。这一次她带上他们向她索要的照片。

“正在和前夫会晤，女仆突然跑来报告说主人回家了。此时她知道他必定要直奔别墅而来，便催促室内的人从后门溜到附近的枞树林里。所以，他看到的是一所空房子。但如果他今晚再去，房子还空着，那才怪呢。你认为我的推论如何？”

“这纯粹是猜测。”

“可是它至少符合所有的事实。假如再发现了不相符合的新情况，我们重新考虑也还来得及。在我们没有收到那位朋友从诺伯里拍来的电报之前，我们只能按兵不动。”

不过我们并没有等多久。刚刚吃完茶点，电报就来了。

电报说道：

> 别墅已有人住。又看到窗内那张面孔。乘七点钟火车来，一切等你前来处理。

我们下火车时，他已在月台上等候，在车站灯光下，我们看到他面色苍白，焦虑万分，浑身颤抖。

“他们还在那里，福尔摩斯先生，”他用手紧紧拽住我朋友的衣袖，说道，“我经过别墅时，看到有灯光。现在我们应当一举彻底解决。”

“你说，你有什么打算？”我们走在树木夹道的阴暗的路上，福尔摩斯问道。

“我打算闯进去，亲眼看看屋里到底是什么人。我希望你们两位做个见证。”

“你妻子警告你最好不要揭开这个谜，你决心不顾一切硬去闯吗？”

“是的，我打定主意了。”

“好，我认为你是对的。弄清真相总比疑神疑鬼好得多。我们最好立刻就去。当然，这是违法的。不过我想这也值得。”

天很黑，下起了毛毛细雨，我们从公路转入一条狭窄小道，两旁全是树篱，小道上留有深深的车辙。格兰特·芒罗先生急不可耐地奔向前去，我们跌跌撞撞随后跟着。

“那是我家的灯光，”他指着树丛中闪现的灯光，低声说，“这就是我要进去的那所别墅。”

说话间，我们已在小道上拐了弯，到了一个角落，那所房子已近在眼前。门前地上映着一缕黄色灯光，说明门是半掩着的，楼上一个窗子也被灯光照得异常明亮。我们抬头望去，见一个黑影正从窗帘上闪过。

“这就是那个怪物！”格兰特·芒罗喊道，“你们可以亲眼见到里面有人。现在随我来，真相马上就可大白了。”

我们走近门口，突然一个妇人从黑影中走出来，站在灯光的金黄色光影中。在暗中我看不清她的脸面，但见她双臂高举，做出恳求的姿态。

“看在上帝分儿上，不要这样！杰克，”她高喊道，“我料到今晚你一定会来。亲爱的，请你再好好想一想！再相信我一次，你永远不会后悔的。”

“艾菲，我已经相信你太久了，”他厉声嚷道，

“放开我！我一定要进去。我的朋友和我要彻底了断这件事！”

他把妻子推到一旁，我们紧随在他身后走过去。他刚把门打开，一个老妇人跑到他面前，想阻拦他，可是他一把将她推开，转眼间我们到了楼上。

格兰特·芒罗跑到上面亮着灯光的房间，我们随后走了进去。

卧室暖和、舒适，布置得很精致，桌上点着两支蜡烛，壁炉台上也点着两支。

房间的一角，好像是个小女孩俯身坐在桌旁。我们一进门，她把脸转过去，不过我们可以看到她穿着一件红上衣，戴着一副长长的白手套。

在她突然转向我们时，我不由得惊骇地叫出声来。她的面孔是极为奇怪的铅灰色，没有丝毫表情。

转眼间，这个谜终于解了。福尔摩斯笑了笑，把手伸到这孩子耳后，一个假面具从她脸上掉下来，原来她是一个黑炭一样的黑人小女孩，看到我们惊骇的面容，高兴得露出了一排白牙齿。看到她那滑稽的样子，我也不禁大笑起来。

可是格兰特·芒罗却一只手按着自己的喉咙，站在那里呆呆地望着。

“我的天哪！”他大声喊道，“怎么回事？”

“我告诉你怎么回事，”他妻子面容坚定而自豪地扫视了屋内的人一眼，说道，“你强迫我违反我的意愿告诉你，现在我们两个人必须求得一个妥善的办法。我的丈夫在亚特兰大死了，可是孩子还活着。”

“你的孩子？”

她从怀里取出一个大银盒说道：“你从未见它打开过吧。”

“我以为它打不开呢。”

她按了一下弹簧，盒盖立即打开。里面是一张男人的肖像，英俊，聪明，可是他的面貌却明显具有非洲血统的特征。

“这是亚特兰大的约翰·赫伯龙，”夫人说道，“世上再没有比他更高尚的人了。我为了要嫁给他，与我的同种人断绝了来往，不过他在世的时候我丝毫没后悔过。不幸的是，我们唯一的孩子，竟继承了她祖先的血统而不像我。因为白人和黑人通婚，往往有这种情形。小露西竟比她父亲还要黑得多。不管黑白，她毕竟是我自己亲爱的小女儿，是母亲的心头肉。”

听到这些话，小家伙跑过去偎依在母亲身旁。

“只是因为她的身体不健康，换了地方水土不服，我才把她交给我们以前的仆人，一个忠诚的苏格兰女人抚养。我从未想到遗弃我的孩子。

“可是自从遇到了你，杰克，并且知道我爱上了你，我不敢把我有小孩的事对你说，上帝宽恕我，我怕我会失掉你，所以就没有勇气告诉你。我只有在你们二人中选一个，我是个怯懦的人，终于舍弃了我的小女孩，选中了你。

“三年来，这件事我一直瞒着你，可是我经常从保姆那里得到消息，知道她一切都很好。然而，我终于遏制不住想见见孩子的愿望。

“我虽然一再压抑这种愿望，可是办不到。我知道有危险，还是决心让孩子来，哪怕是几个星期也好。

“于是我给保姆寄去一百镑，告诉她这里有所小别墅，她可以和我做邻居，相互来往既方便又露不出破绽。

“我甚至嘱咐她白天不让孩子到外面去，并且把孩子的脸和手都掩盖住，这样即使有人从窗外看到她，也不会说三道四，说邻宅有一个小黑人。

“也怪我过于小心，反而弄巧成拙。因为我怕你看出真情，害得我行动起来颠三倒四。

“是你首先告诉我这个小别墅有人住了，我本应等到早晨，可是我激动得睡不着，因为我知道你睡得死，所以就溜了出去。不料被你看到了，于是我开始碰到了麻烦。

“第二天你发现了我的秘密，可是你宽宏大量，没有追究。三天以后，你从前门闯进去，保姆和孩子却从后门逃走了。

“今天晚上终于真情大白，请问你打算怎样处理我和孩子？”

她握紧双手，等待着回答。

这样过了十几分钟，格兰特·芒罗打破了沉默。他的回答给我留下了愉快的回忆。

他抱起孩子，吻吻她，然后，一手抱着孩子，一手挽着妻子，转身向门口走去。

“我们可以回家去慢慢商量，”他说道，“我虽然不是圣人，艾菲，可是我想，总比你所想象的要好一些。”

福尔摩斯和我随他走出那条小道，这时，我的朋友拉了拉我的衣袖。

“我想，”他说道，“我们还是回伦敦去，这比在诺伯里更有用些。”

整整一个晚上，他对本案再也没提起过，最后他拿着点燃的蜡烛走回卧室时才说：“华生，如果以后你觉得我过于自信自己的能力，或在办一件案子时下的功夫不够，请你最好在我耳旁轻轻说一声‘诺伯里’，那我一定会感激不尽的。”

华生学推理之诀窍

华生在早餐桌前坐下后，一直聚精会神地注意着自己的搭档夏洛克·福尔摩斯的一举一动。福尔摩斯偶然抬起眼睛，注意到了华生的眼神。

“我说，华生，你一直都在想什么来着？”他问。

“想你。”

“我？”

“不错，福尔摩斯。我一直觉得，你那些手法无不徒有虚名，怪的是，大家对它们还是津津乐道。”

“我也有同感，”福尔摩斯说，“事实上，回想起来，我自己也有过类似的说法。”

“你的那些手法，”华生说得挺认真，“轻而易举就能掌握。”

“说得对，”福尔摩斯微微一笑，说，“也许你能举个推理方法的例子吧？”

“好哩。”华生道，“我说，今天早晨你起床的时候一准心事重重。”

“说对了！”福尔摩斯说，“可是，何以见得？”

“不是吗？你向来就是个讲究仪表的人，可今天就忘了修脸。”

“老天爷，好你个聪明的人！”福尔摩斯说，“华生，想不到你居然是个机灵的好学生。你那双锐利的鹰眼还发现了别的什么吗？”

“可不是，福尔摩斯。你有个叫巴罗的当事人，他的案子你可是办得不顺利吧。”

“老天爷！你怎么知道的？”

“他给你的信封上不是有他的名字吗？我见你打开信封时，哼了一声后，紧皱眉头，把信封塞进了口袋。”

“精彩至极！你可真是个名副其实的好观察家。你还有什么高见？”

“福尔摩斯，想来你怕是已涉足金融投机领域了吧？”

“何以见得，华生？”

“我见你打开报纸，留意起了金融版，还兴致勃勃地发出一声响亮的惊喜声哩！”

“好你个聪明的人，华生。还有吗？”

“有，福尔摩斯。瞧你这时候穿的是黑外衣，而不是晨衣。这说明，某位重要人物很快就要登门造访了。”

“还有吗？”

“毫无疑问，我还能有其他一些发现，福尔摩斯，但仅举这几个例子足矣，让你知道，世上像你这样聪明的人，大有人在。”

“可也有些人不见得那么聪明。”福尔摩斯说，“我承认，这样的人为数寥寥，但我说，你怕是其中的一位吧，华生？”

“你这是什么意思，福尔摩斯？”

“得了，亲爱的朋友，你的这些推论恐怕不是我所希望的那么精妙。”

“你的意思是我想错了？”

“想来怕是有点儿。咱俩这就一个个挨着说说吧。我没修脸，是因为我的刮脸刀钝了，拿出去磨了。不幸的是，我穿黑色外衣，是今天上午我要去见牙医，他大名巴罗，那信是为约定我与他见面的时间而写的。报纸的板球专栏就在金融栏附近，我翻看这一栏是看看萨里队的对手是否还是凯特队。不过，华生，别泄气，别泄气！这只是种徒有虚名的雕虫小技而已，无疑，你很快就能掌握在手的。”